國境封閉與虛構的旅程

謝昭華——著

目次

卷二 草木

卷五 **風土**

推薦序一 訴說、傳開島嶼的心事

簡白

宇宙浩瀚，人類無處可去。

二〇二二年二月一日逝世的日本小說家石原慎太郎，享壽八十九歲。二〇〇四年十月下旬，他以東京都知事身分第三度訪臺期間，參拜花蓮吉安慶修院（真言宗吉野布教所），留存一則鮮少人知的軼聞。

流連二戰前後變遷殊奇的伽藍，接待人員邀請貴賓題字、植樹、命名寺庵庭園山水，增添紀念勝景。

哪裡曉得，石原慎太郎當場辭謝婉拒：「在佛陀跟前，我甚麼都不是。」

宇宙，上下四方的空間太廣，往古來今的時間太長。每一個人，都是一座孤島，一粒趨近虛無的砂塵。卸除出身、親等、關係、階級、職銜，荒蕪所有外加的社會機制和功能，任何一個人的生命，都是廢墟，顯現存在主義式的獨立之姿。

以賽亞書：「看哪，萬民都像水桶的一滴，又算如天平上的微塵；他舉起眾海島，好像極微之物。」

證之以有的基督與證之以無的佛陀之間。存在主義，立於有而傾於無，照見每一個人終究都是廢墟的孤島。

先睹為快昭華大兄的隨筆新書《國境封閉與虛構的旅程》，沉湎馬祖四鄉五島斯土斯風之餘，難免牽引諸多聯想。有的直接相干，有的間接相干，有的不必然相干。

憑藉網際網路之便，曾經熱中螢幕神遊全球各地的廢墟孤島，諸如北美德文島和密克隆島、地中海龍島、蘇格蘭明古萊島、印度洋查哥斯島、東亞端島……，撤走人跡，遭受自然力量侵蝕的頹敗建築群，更襯托孤島的遺世獨立。

事非偶然?搜尋引擎風馳電掣，演算傳輸，隨機直擊馬祖的光影。北竿芹壁、東莒大浦，驚見鑲嵌近似歐美廢墟孤島的景致，竟活生生坐落免用簽證即可往返的我們國境之內（又恰剛讀到漢寶德發表在聯副的〈石砌的馬祖〉）。遂即自行安排交通食宿，在二〇一〇年「淡季」的十一月中旬，飛抵馬祖。

預定先到南竿，陰錯陽差，搭上北竿班機。降落後，要趕去西南方白沙碼頭逢半點航向南竿的渡輪，僅差十分鐘。計程車運將小哥按敲手機，央求船老大稍待，立刻左彎右拐、高低起伏，速度迅疾衝快。果然，只耽擱三十秒左右開船。唯恐其他乘客責怪「特權」，不好意思，一個人站立船尾甲板，未敢進入艙內就座。

投宿南竿鐵板懸崖頂端的旅店，主人坦言近幾天空房率九成九。寄妥行李，蹓躂下坡東岸澳口。稍候，昭華大兄依約前來，帶領參觀。面向海灣，左側是北海坑道，右方是大漢據點。前者「井」字型，充當登陸小艇藏匿碼頭；後者三層仄廊，用作聯結岬角機槍砲臺射口，皆屬硬生生炸鑿花崗岩層，劈挖出來的軍事設施，兩者皆獲推崇為鬼斧神工的戰地景觀。踱行內部，冷森寒氣刺皮滲膚，相當令人悚懼。究竟累積多少厚度的恨意，才會堅持鑽壁侵石，建造如此悲壯的工程？致使自然顏色，以及在地居民應有的親山親水生活，盡入鐵甲殼中，完全變形走調。

當晚，一起吃喝，「坑道越偉大代表著仇恨越巨大，很難相信國共雙方真的已經和解了？」昭華大兄抿唇半哂，答非所問：「其實大部分的馬祖家庭，都有在臺灣購置房產。」他自家也不例外。接著岔話，昭華大兄笑盈表示，由於人口稀少，選票彌足珍貴，所以馬祖公民一旦生病或受傷住院，就是椿大事，連江縣的村長、鄉長、議員，甚至立委、縣長，都會爭相前往探視慰問。

初次面對面昭華大兄。詩人習稔孤獨。但萬萬沒想到，他的神情容態，比起十一月蕭瑟的島嶼，顯露更加憂鬱。拘謹訥言，但經常脈絡跳躍。也許，昭華大兄正在構思即將開始執筆的系列連載。也就是這本《國境封閉與虛構的旅程》收輯的散文，多數發表於二〇一二前後三年間的雜誌報章（書名篇則是二

○二二年初）。彼時的馬祖行之際，肯定是無法穿越目睹了。

隔天，日正當中醒來，遵從昭華大兄推薦，下午前往民俗文物館，瀏覽兩、三小時。偌大展館四層，竟只參觀者一人獨享，實在奢侈。記得當時四樓舉辦臺灣旅居馬祖某畫家個展，十二年後的今天，怎麼也想不起究竟是哪位畫家。

牢記旅店主人叮嚀，翌日近午，空腹啟航，浪頭顛簸，小白船耗時約五十分鐘，先西莒後東莒，沿途至猛澳港，果然都不見「兔子」蹤跡。剛下船上岸，驚覺風勢蠻勁，棒球帽吹掀落海，嚇一跳，摸摸頭，幸好腦袋還在。接送的民宿老闆，立刻從車廂拿來他的店家招牌帽。顯然司空見慣，早先預備。

留意到，猛澳港口上方有一座直升機坪。但茫茫蕩蕩，不見直升機停駐，辦公處所也鬧空城計。同車聊天，民宿老闆談及他在臺灣讀畢高職，也工作一段不短的日子。隨口問是哪間學校？他支支吾吾，含糊帶過。

民宿位於大坪村，行政名稱緣自「大浦」、「熾坪」，靠海的大浦已成為廢村，悄無人影。不靠海的織坪相對多嗅人煙，衛生所、警消、小學、商店全聚攏這裡。但時序十一月中旬，非觀光旺季，幾乎沒有遊客。

晚間，分桌與民宿老闆家人共享風味餐，老闆興奮提起，明天會有五、六名臺灣來的釣客進住。當夜照例失眠，從陽臺瞅望民宿左後方小徑旁的袖珍型保安宮發呆，赤通通的廟身，簷角鋼硬尖銳，路燈俯照下非常刺眼。

自忖猜度。馬祖四鄉五島，原分隸羅源（東西引）、連江（南北竿）、長樂（東西莒）三縣，與中國本土咫尺親暱，二戰之前，理合大陸性格勝於島嶼性格，雄渾、豪邁、倨傲。它的島國根性，應是戰後國共鬥爭下的人為產物，無涉現代之前的臺灣歷史，尤其日本統治經驗。人生是選擇，不是命運。而馬祖的憂鬱，卻屬反戾，被動倚傍、沁染臺灣的今昔境遇的感傷氛圍。

晚睡，近午起床。閒逛大坪村下街的「藝文廣場」，店家大半歇業，冷冷清清。不會騎二輪車，索性蹓躂中興路，遠足最北邊的福正村東犬燈塔，再沿靠海的大浦路返南，經大浦村回織坪。

聯絡福正村的中興路筆直，乏車乏人，愜意隻身散步。途中近南側的莒光綜合教練場，原實彈射擊靶場附近，水泥立柱警語：「瞄不準不打、看不見不打、打不到不打。」未知這是射靶準則？還是射敵準則？或兩者皆是。實戰交鋒的話，「打不到不打」，似乎過甚嚴苛、過度消極。如果是指射程之外「不打」，就屬合理。

漫行福正村，彷彿童話般的石頭城，一方錯落一方，關窗閉戶，安安靜靜。遊客中心亦門禁深鎖。偶聞收音機聲響，但奇怪不見半張人影。

蜿蜒走爬東犬燈塔臺地，美麗優雅的英國建築，好像純潔的白色祝福蠟燭，虔誠直矗蒼穹。氣流夾擊，嚎嘯聒噪，雙腳無法立定久站。難怪燈塔出入門直下斜坡需要砌築一道短牆，用來遮蔽強風，便利昔日的守塔人員手持煤油燈火往返。

民宿老闆電邀，探看東莒西南底部老頭山的「大埔石刻」（大埔？大浦？該石刻其實並不在「大埔」，地名相當紊亂）。回覆提議明日上午前往。自己一個人，在大浦聚落，及與熾坪之間的魚路古道，消磨大半天。

網路唾手可得的政經地理常識、遊記吃播，絕難摹擬。關於身世與風土，島嶼無言，寄託世代存亡於斯的子民，訴說、傳開它的心事。假使，昭華大兄的散文雙璧，六年前出版的《島居》以及新著《國境封閉與虛構的旅程》，趕早問世的話，經拜讀後，首次自己的馬祖之行，當不至於仍還淪為走馬看花的自由行過客。

島嶼的經歷，就是詩人的經歷。〈兒童遊樂場〉、〈搭軍艦的日子〉、〈秋桂樓的理髮師〉、〈樂手〉、〈基地〉、〈陪你，在水之湄〉、〈迷蹤蛛巢小徑〉、〈畢業紀念冊〉、〈薰衣草與迷迭香〉、〈我的家族疾病史〉——走過肅殺、慘澹和寧靜，轉型至今焉知禍福。縱使胸懷意概萬千，猶以憫而不悲的筆趣（或許與他的醫師職責相關），縷述馬祖在兵劫之前之中之後，子民生命樣態的推移，喜怒哀樂輾轉搬演。文學的顯隱交融衍繹，讓讀者身受感同，而非僅止感同身受。

次日下午，又海上漂行，航向北竿、入住芹壁村。民宿掌櫃兼司機，是個約七十歲的漢子，掌廚是他的妻子。「這陣子，只有你一個客人」，並不訝異。放置行李，立即健行，從右側爬行環繞芹壁村的芹山虹橋狀步道，哪料在兩點鐘方向，路旁菜園坡坎上緣，一名中年男子手握白霧色膠袋，怔忡踮腳搖晃。舉手示意恍惚的人止步，以免失足跌落。目睹他瞑目拚勁哈吸白霧色膠袋的忘我模樣，輕緩經過，減少刺激。繁華所在有苦悶的人，寂寞所在當然也有苦悶的人。

居高眺望遠方，北竿離島高登島、福建黃岐半島的海岸線及輪廓，歷歷在目，但眼下灣沃的岩礁「芹囝」，怎麼看也不像是烏龜，倒似堆積一坨的皸裂鏡片殘骸。

黃昏起霧，寒氣冷峭，民宿闆娘勸說進入屋內休息。敬謝不從。豎衣領，手交叉，呆坐戶外露臺，獨享一個人旅行的滋味。

三人進食。隔桌斜對的民宿老闆夫婦，看電視配飯。廣告空檔他們忽問：

「你是做甚麼的？」「編輯。」「甚麼？編輯是做甚麼的？」煞費唇舌，怕對方不解，手寫「編輯」兩字遞給過目。好比媒妁營生，「編輯」的內容，確實很難說清楚講明白。入行虛度二、三十年，屢常遭遇類似窘況。便顧而言他，閒聊海峽兩岸旅客的差異。

美國雙月刊*Utne Reader*創辦人優涅（Eric Utne），忠告從事「作嫁」行當的年輕編輯：「趁早去學習一技之長，或找一份正經的職業。」昔時笑當耳邊風，今日思量，迢遙異國的老前輩，還真的是語謔心長。

餐畢不久，電郵捎來消息，遠嫁北歐的女性文友偕夫婿，現抵臺北，明天要來馬祖。真巧，這樣會不會過於擁擠？立定主意提前收拾行裝。暫隱瞞身在馬祖北竿，約她倆臺北見。

睡前飲喝兩盅溫熱馬祖老酒。隔早甦醒，民宿掌櫃漢子竟攜大包小包，吆喝同去機場，他也要飛往臺灣，回家。「其實大部分的馬祖家庭，都有在臺灣購置房產。」猛憶起初抵南竿當晚，昭華大兄的意外之言。

松山下機，道別民宿掌櫃，他講家住新莊，輔仁大學迎面周邊。突然，他挨近附耳：「我們臺灣人太善良了。」機上，彼此又延續交談些兩岸旅客差異的話題。

數年前某場合，聽聞浯島文友私下抱怨，臺灣文學史的編撰者，審慎惜墨，未能見容在其巨著裡頭，一段一節專論評述金門作家。同理相仿，閱讀福爾摩沙，我們的臺文史，真的再不宜輕忽疎略馬祖了。

簡白簡介：

生在臺北，長在臺北。唸的是日文，做的是編輯。譯著若干。

北竿島
芹壁村
塘岐村
北竿機場
國之北疆
白沙港
東引島
中柱港
西尾村
大人澳
秋桂樓
馬港村
天后宮
珠螺村
牛角村
福澳港
南竿機場
南竿島
民俗文物館
清水村
青潭澳
津沙村
鐵板村
福正村
西坵村
大坪村
東莒
西莒
青帆村
猛澳港
大浦村
馬祖列島
*本圖為示意圖，非實際比例圖

卷一

火祭

欲阻隔冷冽的東北季風，臉龐埋藏於圍巾或大衣領口之下，獨留深黑色眼眸在歷史的季風裡遙望。

搭軍艦的日子

許是雨都的緣故，基隆總給人陰鬱的感覺。孩提時期，對臺灣本島的第一印象也來自基隆港。在臺北就學時，寒暑假期間每回要回馬祖，都會在下午六點以前搭火車到基隆火車站。北迴鐵路沿線需穿過一個個山洞，望著車窗外飛逝的風景，我心裡便浮現侯孝賢導演《戀戀風塵》的開場，螢幕上火車穿過一座座山洞，光影時亮時暗，訴說著電影藝術的起源。下了火車，所有返鄉或離鄉的遊子便背負行囊步行到西六碼頭，那兒是來往馬祖的船艦停泊處，留有曾住過馬祖的軍民共同記憶。

馬祖居民在一九四九年以後就與軍艦結下不解之緣。在解除戒嚴之前，因無客機飛航臺灣本島，來往只能搭乘軍艦。海軍AP艦就是人員運補艦，由海軍向中國造船公司基隆廠訂造。往返臺馬之間的AP艦有五二四雲峰艦、五二五武岡艦與五二六新康艦。因之前只能乘坐海軍運補艦，民眾需在底艙或在甲板席地而臥，無懼風雨，因此能搭乘載運人員的軍艦已覺得搭船品質改善許多。由於十天才有一航次往返臺馬，居民每有要事往返臺馬之間，大多無法及時趕到。如今想起，那時時間流動如此緩慢，總以日、月或年計算，若以現在電腦搜尋引擎的速度千萬分之一秒觀之，猶如史前時期。軍艦從此成了馬祖居民往返臺馬之間唯一交通工具，生老病死皆與相連。老家秋桂樓伊玉嬸的嬰兒因無法等候長時間海上顛簸，就急於在艦上哇哇大哭出生來到人間，由於在雲峰艦上出生，也就順理成章以艦為名。斜對面伊慶叔他大伯在桃園榮民醫院往生，子女為了長輩落葉歸根的囑咐，便護送骨灰罈搭軍艦回家鄉安葬。

運補艦由於需靠沙岸，因此要計算潮汐時間搶灘與離岸，每每驚險萬分。港口兩側有船舶連營隊駐紮，每逢船期便徹夜不眠辦理船務，工兵群更如螻蟻一般將運補軍需品搬運至軍用大卡車上送往各營區。每隔七到十天軍艦來的日子，我們稱之為「航報日」。是夜也是秋桂樓家家戶戶通宵達旦忙碌之日，數十年來，在寒冬夜裡到我們村裡喝一碗伊慶嬸煮的熱騰騰花生紅豆湯的義務充員兵數以萬計，軍人與居民在這幾個中國沿海星羅棋布的小島上共生著，在昏黃的煤油氣燈光下浮沉在歷史的長流。臺馬之間航程短則近二十小時，長則超過一天，有時因避颱風駛往高雄港，航程更長達三天以上。因船身顛簸，開航不久，居民大多自尋船艙空間席地而臥，只餘不知暈船為何物的嬰兒張著一雙黑色大眼好奇地觀望。因暈船的不佳經驗，鄉人逢搭船色變，但又無它法可想。甚至有人於船期前三天便輾轉難眠，漫長的航行期間只求早日靠岸以求解脫，待到基隆港踏上碼頭的土地便如獲新生，但亦有人暈岸數日。數十年後我讀到村上春樹的小說《開往中國的慢船》時便將此書帶在身邊，在一次搭船橫渡臺灣海峽回馬途中，自基隆港到南竿福澳港的客輪臥艙裡，讀著此篇作品朦朧睡去。馬祖四季分明，冬季冷冽刺骨的東北季風令人畏懼，更何況在巨浪滔天的海上，四百年前臺灣先民所謂的臺灣海峽黑水溝，馬祖居民每年總要來回數次。

有一年除夕凌晨，秋桂樓街上疑因老舊電線走火發生嚴重火災，由於兩排皆木造瓦屋，屋簷沿街相接，瞬間成為火龍。冬季東北季風強勁，風隨火勢，等消防車趕到以象鼻到港邊吸水來救援時早已燒掉了大半條街，也將我的童年記憶燒成灰燼，本應歡喜的年節氣氛頓時哀戚一片。日後我每欲追尋童年嬉遊躲藏的巷弄時，總只見斷壁殘垣而唏噓不已。

火災那年我仍在臺北就學，收到父親寄來的電報時，因不能立刻返家，內心煎熬不可言喻。你說為何不打電話瞭解呢，是的，那時馬祖僅有市內電話，無法直接與臺灣本島聯繫。如果要打長途，必須以軍用線路轉接，轉接員就是代號「貴陽」的馬祖防衛司令部軍中電話線路通訊兵，因此非但不便，在那冷戰肅殺的年代，更是管制森嚴。有一年學校開學，因天候不佳錯失船班而無法如期到校註冊，我便至電信局拍發一封電報給學校註冊組。後來返校時，註冊組老師跑來跟我說，他們以為我出了什麼大事，需要寄緊急電報通知。

那年的冬天分外漫長，臺北的天空低沉陰鬱，我的心也更加蕭索。

每逢船期，基隆西六碼頭晚間便人聲鼎沸。於薄暮時分，連江縣政府臺北辦事處的承辦人員就會出現在港口，鄉人會依序排隊領船票，然後等候軍警安檢登船。由於怕暈船，我大都不敢吃甜食，只以鹹食如炸雞塊等果腹。出入境時會查驗金馬地區出入境許可證，橘紅色封面，樣式一如護照，要事先在金門馬祖的縣警局或在臺北博愛路的出入境管理局申請。在冷戰的年代，除了世居金門馬祖或在地駐軍之外，臺灣本島民眾並不被允許前往外島，這也就是金馬兩地蒙上一層神祕面紗的緣由。所有資訊率皆封鎖，只以官方的媒體為唯一訊息來源。連江縣土地面積雖小，但管轄海域遼闊。所轄自北至南為東引、南北竿、東西莒五座島嶼，在一九四九年之前分屬福建省羅源、連江與長樂三縣，在時代背景等因素之下，於一九四〇年代合併為連江縣以便施政治理。

昏黃的街燈映照著基隆港區道路的鄰近牆面，港務大樓四個大字斑駁著，深深跌進人們記憶深處。一旁列隊的草綠服義務役充員軍整軍集合，茫然而青澀的臉龐四處張望，或與家人揮手告別，他們將會在點名後帶隊登艦，離開親人到遠在天之涯海之角的小島度過一至兩年漫漫長夜。人類的景象不總是如此嗎？無論在亞洲或歐陸，二戰時各個大小戰場的軍用碼頭無不簇擁著一列列身著墨綠軍服沉默的武裝軍人與一群群螻蟻般背負大小細軟的離鄉、返鄉平民。我們的臉龐因欲阻隔冷冽的東北季風而包覆在厚重圍巾或大衣領口之下，只露著一雙深黑色的眼睛在歷史的季風裡遙望。

兒童遊樂場

沿著濱海步道慢跑，潮水往復衝擊著步道外側消波塊，而後碎裂成星閃水沫。遠處珠山電廠燈光明滅，那是環繞著虹彩條紋高聳煙囪上的飛航警示燈。一艘小白船擱置在路面停車場停車格上，像時空錯置的幽靈船從童話故事的海上駛來，停泊在人們夢境裡，彼得潘與北海小英雄仍在帆桅上與敵軍激烈戰鬥。再靠近田徑場些有座兒童遊樂場，溜滑梯與盪鞦韆空盪盪地靜候小主人們到訪。

人們在一月的東北季風裡逆風行走，將身體包裹得密不透風；在四月的春霧裡迷失方向，髮膚沾滿清冷水氣。之後是梅雨季節，在泥濘沙土小徑尋訪石碑上你的名字，那是一首寫在風裡的頌歌。十七歲的夜晚，你將寫好的字條放在我教室座位的抽屜裡，彷彿昨日。而前年綁架了我昨日時光的盜匪正以電話向我勒索，搜括我明天的真誠與金屬的語言。他竊取我床邊輕唱的搖籃曲與童謠，塗去你夢中色彩使之成為黑白電影的斑駁場景。航空站裡的雙語廣播如同囈語，象形文字與拼音文字在夢境的虛空裡混雜難辨，島嶼居民進出航空站如同自家後院與廚房。

沾黏記憶砂石的小徑蜿蜒而上，路旁馬齒莧訕笑我七歲時那長一點五公分的短髮小平頭。棕色的母雞與白兔群居，家燕在屋簷下的窩巢裡憂愁。清晨出門買菜、接到恐嚇電話、匯款、報警、止付、尋仇，刑警小隊長微笑地說那只是遠端遙控，聰明的罪犯不是在臺灣本島，就是在對岸福州。然後兄長失業在家，自清晨到黃昏不間斷地喝著自釀老酒，彷彿傍晚海面的猩紅。終究無止盡地耽溺其中，他的眼神散發出求援訊息，而我站立整片紅色酒海岩岸，終究無能為力。

你也和所有人類的孩子一樣，學翻身，學坐爬，學站立，然後學行走。當我放開你的小手，你便開始顫巍巍地學著向前探索這世界。週末假日，我帶著你來到濱海遊樂場。臨近港口，一邊是金黃細緻的沙灘，另一邊是PU跑道的田徑場與綠草如茵壘球場外野區。從溜滑梯開始，你喜歡和其他小朋友爬上階梯穿過圓形的小小迷宮，到達滑梯頂端，然後一溜而下，像天使張開潔白翅膀飛翔，傍著銀鈴般的笑聲。

時間的列車並未因你而停駛，冀望時光永遠停駐在你的童年時期只是虛幻。人間擾攘依舊，那在街頭走了幾十年、頭上綁著白布條的男男女女，從青壯年走到中老年。之前媽媽背上背著的孩子，如今也已經走在隊伍前方，額頭綁上了抗議白布條。路旁列隊默走的僧侶，他們藏紅僧袍在風中颯颯地響。遠處垃圾場飄來肢體燒焦的味道，資源回收車收集了整車驚慌失措的面具，打包、綑綁、運往樂園裡銷毀。燒焦的味道四處飄散，如香煙裊裊，在堆滿供品的供桌上，神豬嘴裡咬著艾草，鑼鼓點密集如雨，鈸聲如陷在泥濘裡的腳步，舉步維艱。

小商店櫃臺黑影裡，清臞身影探出，彷彿來自歷史幽微角落，一口黝黑、深不見底的井。他拿出成堆金箔紙、彩色紙、打火機，提醒要帶水、樹剪，要穿長袖長褲。成箱的金蓮花在桌上堆成金山銀山，街坊鄰居姑嫂婆姨倦怠眼神伴奏著，辛勤的雙手不斷地折疊。

有一段時期你喜歡上直排輪，從穿鞋，牽著你走，然後放手讓你在運動場跑道旁恣意旋舞，如三月初生的蜻蜓。一旁在遊樂場鞦韆架上的小朋友正以欽羨的眼光看著你翩翩起舞的身影，這是你童年最快樂的時光。

春天的風穿梭在石屋屋瓦，紫嘯鶇在屋脊上跳躍，唱著金屬光澤的歌，雜食，喜昆蟲與幻想。海盜屋淹沒在花漾樓裡，罌粟花開在對街茶坊宣紙上。在迷宮般的曲弄巷道裡，眺望浮沉海平面的夕陽。牽罟的老人佝僂著背，口裡哼著來自遙遠歷史的福州戲曲。

沙灘前方是學童嬉戲的校園，他們拿著餐盤與碗筷裝滿稀飯，一人一塊乳黃色奶油餅乾，一旁麵粉袋上印著中美合作握手標誌。在花圃跳上跳下的小男孩摔傷了，下巴裂著三公分血色印記。他被抱著搭上軍用卡車，送往外牆塗著迷彩的陸軍醫院，診療室裡滿溢著酒精與鮮血混合的腥甜味，年輕軍醫說，張開嘴，啊。

在這十月初秋的傍晚，遊樂場空盪盪地，孩子們都消失不見。唯一的小小身影正站在鞦韆架上慢慢將自己盪向天空，雨後積水的滑梯散發著枯葉頹敗的氣息。風在小小的迷宮渠道裡穿梭，我彷彿聽到孩子們的笑聲與叫聲在金屬圓環迷宮外緣迴盪。明天鋒面即將南下，氣溫驟降，東北季風已在午後逐漸增強，冬天真的來臨了。而你卻獨自在臥室裡，用平日刻意留下來的巧克力包裝紙做成一個小小金色花園，說是為了送給同學做為生日禮物。望著你沉默專注的模樣，那金色花園裡彷彿有一座小巧的兒童遊樂場，那兒正傳來陣陣孩子們清脆笑聲，伴隨著一群蜻蜓張著薄如蟬翼的翅膀飛舞。

天使的歌聲在馬賽克色彩斑斕窗臺裡響起，下午在上主日學的孩子正排演著聖誕夜福音故事。小男孩披上淺藍色絲巾打扮成聖母瑪利亞的模樣，衣著襤褸的男孩則扮演他的丈夫木匠約瑟夫。當唱詩班青少年絲綢般歌聲響起，天光自教堂屋頂縫隙裡灑落，在孩子們臉龐印上隱約光影。長大的孩子一個個離開教會，眼神充滿著迷惘神采。他們將會再度回到這光的聖殿，在一場場人生戰役之後。在他小學時坐的教堂角落座椅上，舔著翅膀上隱藏著的傷口。孩子們永遠拒絕長大，在世界各地的兒童遊樂場總充滿天使般的笑聲。孩子們來來去去，即使他們一天天成長，而遊樂場裡的小孩卻永遠只有五至六歲，咧開一張張缺門牙的小嘴嬉笑著。

天使在雲間觀看，蹲踞著好奇打量。

墨色

二〇一四年少英老師來天堂鳥找我時，我正與攝影家定原用晚餐。定原正應邀在馬祖歷史文物館展覽廳展出他的「淡漠」攝影展，這是他繼清華大學、中山堂之後的第三場展出。雖然風格大相逕庭，定原的作品仍使我聯想到美國攝影家安瑟・亞當斯（Ansel Adams）巨幅寫實大山水作品。美國評論家蘇珊・桑塔格（Susan Sontag）在她的攝影專著《論攝影》（*On Photography*）開宗明義就說：「照片在教我們新視覺準則的同時，也改變並擴大我們對什麼才值得看和我們有權利去看什麼的觀念。照片是一種觀看語法，更重要的，是一種觀看的倫理學。」定原的黑白照片去掉了先前作品色彩透明感，更顯得深沉。由黑至白層次分明的色調一如潑墨山水，他以現代科技詮釋了所謂墨分五色的傳統美學。二〇〇一年他在馬祖星羅棋布的島群上巡遊月餘，出版了一本攝影集《四七瞬間》。之後，去了北京電影學院讀攝影。

少英老師是由文化局同仁陪同而來，甫坐定，便開門見山說明來意。陽孜先生想將她的「誠」字雕塑移師馬祖，並舉行「追魂」音樂會，以雕塑、音樂與詩歌跨媒介方式呈現她的想法，因此少英老師希望我可以提供一兩首詩以便於音樂會時朗誦之用。由於身邊並無出版的詩集，便隨手拿起餐桌上的手機，在自己的部落格裡找了一首詩來討論。這時方知現代科技的方便之處，完全實現了隨身圖書館的夢想。少英老師看畢，就相約餐後到我的辦公室一敘。我在書架上取出詩集《夢蜻蜓》時想起了發表在中外文學上的〈墨色狂想〉一詩，便翻出討論。老師讀完後顯現出不可置信的神情說：「這真是你在十多年前寫的作品嗎？真是天意！」

其實我對陽孜先生的書法仰慕已久，在大學時期便在臺北的畫廊看過先生作品，對其打破陳規，將書法提升到平面造形藝術的表現方法深感震撼。之後不但收藏了先生的書法出版作品，也描摹了先生的行草「幻其白，守其黑」六字於值班室小書間的牆上以惕勵自己。從小我就喜歡書法，至今尤甚。古代書家中我鍾情東晉王羲之與明代董其昌二家，他們的作品線條嫵媚，風姿綽約，與陽孜先生的風格大相逕庭。

二〇一三年七月先生造訪馬祖時我無緣相見，只在馬祖日報上見到先生參訪馬祖故事館的零星消息，並覺得記者未深入報導先生的書法創作有點可惜。此番先生見我，劈頭就說她希望馬祖保留誠實之島的傳統美德。見先生直率，也深知先生的憂慮，我惶恐不敢多言。但許多事有其盤根錯節的前因後果，並非如有些媒體斷章取義的片面報導，以致非黑即白地遮蔽了事件原來的面目，而島嶼鄉人質樸的本性一如往常，至今並無改變。先生的直率反映在她的處事上，此次來馬祖舉辦「誠」字雕塑展，不但她自掏腰包辦展，由少英老師總監與負責原創音樂，其過程自籌備開始便困難重重。少英老師為了尋得真正發自這塊土地的聲音，不辭辛勞遍遊四鄉五島，冀望在庶民生活的日常聲音裡發展出原創音樂主旋律，使我對這位金曲獎得主的堅毅精神感佩不已。在音樂會文稿定稿之際，聽說鄉人反應農曆七月期間用「追魂」二字恐引起鄉民疑慮，陽孜先生從善如流將音樂會改名為「心弦」。之後，我從少英老師處得知，二〇一二年在臺北誠品書店舉辦「追魂」音樂會時，誠品書店管理階層也希望先生改名，但先生不為所動，堅持用「追魂」二字。兩相比較，更覺得陽孜先生在踏過島嶼這片土地之後，樸實的庶民真的感動了先生的心。

記得往昔戒嚴期間，除了書法課的習作與國語文競賽之外，會用到

書法之時多為節日學校裡舉辦的壁報比賽期間。各班級文藝青少年在約莫三百乘以一百五十公分見寬的木板上爭奇鬥豔，各顯巧思。尤其是雙十國慶與老總統生日，舉國歡騰或追思，便以舉辦壁報比賽祝賀。但是華誕與誕辰一字之差，色調完全相異。不只是在刊頭臨摹老總統的名言佳句並以書法呈現，內文亦需以工整小楷書寫。每每在華麗風格引領風騷數年之後，又回歸整潔質樸的面貌。尤其因漢隸字體工整且平日較少見於日常書寫，更令人驚豔而蔚為一時風潮。班上四、五位被老師挑選出的同班同學便更有了革命情感，在兩週內挑燈夜戰完成大家期盼的作品。

大學校園裡由於標榜知識分子的獨立思考，此類活動少見，便也疏於書法練習。偶然的機緣，在平時假日常去的畫廊裡見到陽孜先生書法作品個展，令我頓時瞠目以對，不知這些字是如何寫出來的，完全打破腦海中對書法藝術既定的思惟框架，使我陷入焦慮不安的窘境。依照西方造形藝術的走向，書法脫離工整的排列與原始字型之後，必然走向抽象與無意義的點與線。之後，必然是空無的大破壞，將古典書法藝術徹底支解推翻。果不其然，近年來，從林懷民先生的舞劇《九歌》用陽孜先生的題字以多媒體放大在舞臺上開始，先生的字在舞臺設計的裁剪之下已失去字義，逐漸成為純粹的抽象符號了。也就是說，這些字可以視為阿拉伯文、中文、楔形文或是世上任何一種可以用毛筆書寫的文字。

此次展出先生的「誠」字雕塑更將漢文字立體化，成為可以在空間布展的藝術作品。這其中，先生所推動的「新誠實運動」則顯示了即使藝術創作不停地創新，先生卻仍保有傳統知識分子的風骨與移風易俗使命感，這又與西方激越的個人主義藝術氣息相異，可見先生有為有守，自有其儒家思想匡時濟世的入世面向。而那一幅幅如同潑墨山水般的書法作品，在酣暢淋漓層次分明的墨色裡正高唱著一首首生命之歌。

封島

輕掩蟻丘的房門，這裡黝暗、清冷且孤寂，但是給我安全感。

霧從海上來，每日清晨翻山越嶺，穿街過巷，如迷途的鯨群在空氣的海洋中竄游，待你發覺，它早已深入你的肺腑，與你同呼吸，共心脈了。

不知何時開始，各種顏色的口罩從醫院溢出，開始洶湧在生活周遭環境人們的臉上，街上、公車、捷運、賣場以及早晚市。一張張戴著口罩的臉遮掩了表情，只能由雙眼狐疑的眼神中判斷所思所覺，是喜是悲，抑憂還怨。人們不再聚集閒聊，人與人之間保持三公尺安全間距，以免被無色無味，不知其何處來亦不知其去向的病毒沾上身。冠狀病毒有著豔紅的外殼，如同華麗的花冠，無聲無息侵入你鼻腔與呼吸道的黏膜，進入血液與淋巴系統，那嗜血的中世紀巫師癲狂在金色錦緞的祭壇上。卡謬（A. Camus）筆下的末日瘟疫景象復臨，聖經裡的罪惡之城所多瑪重現。無數0與1的密碼透過無線電波展現在客廳的小方盒裡，類比的密語已被偵破，數位符碼方興未艾，那是世界末日的禱詞，神的話語透過新聞播報員顫抖的聲音，告訴所有世上的罪人，神要以火洗清蛾摩拉城的罪惡。

走下方舟，哦，或島際小白船，這只是名稱而已，就如人的名字，再如何變更也不影響他邪惡的本質。那迎面走來的人類，保持距離吧，不要將你的唾液化為億萬顆飛沫向我襲來。那是與地球一樣古老的無數冠狀病毒靈魂的居所，以你的形貌，藉由你聲帶震動時讓空氣顫動的聲波，如舞弄長鐮刀的黑袍神祇，向人們傳播你飛撲而來的死亡訊息。

原先這一切只是那座遠方城市東方之珠的景象，只出現在客廳的電視畫面裡，本不應該出現在我們生活周遭。那座每隔幾年就會發生禽流感疫情的擁擠城市，每回總有千萬隻家禽瞬間成為冤魂，只為了保護脆弱的人類。演化的進程中，我們逐步驅逐其他物種的生物，強占牠們自古以來的棲息地。然而對於病毒細菌等肉眼無法看見的微生物卻束手無策，人類與微生物間的互動軌跡恆常存在於歷史之中，甚至成為影響人類生存走向的關鍵。

亞洲大陸邊緣的島群封閉了所有港口，隔絕所有來自大陸的旅人與貨物，小島上的人們只希望獨善其身，能安然度過每回席捲各大洲的疫病風暴。如同每當颱風來襲，島上的人們總希望暴風圈很快就會離開這片小小土地，隔夜清晨又將是晴空萬里。昔日封島是因戰亂兵燹，島民被迫幽居荒寂寸土。只要兩岸風吹草動，軍事移防，甚或如同電腦遊戲一般的長程飛彈轉移陣地，都使世居小島的居民攜家帶眷，渡海避秦。如今島民主動關閉對外港埠，緊閉窗門，只在窗縫間隱約見到急閃而逝的眼神閃爍著憂慮餘光。人們面對的卻是無聲無形無嗅無色，自古以來人們談之色變，在心靈廟宇中祈祀以求趨避的瘟疫。

而你終究到來。從海峽東岸的島嶼東部山區來，昨夜在疫情如星火燎原的臺北城小住。你去了哪些地方？見了什麼人？那無色無嗅無味的冠狀病毒花序是如何飛進你焦躁的呼吸中，進入你深不可測的肺之黯黑世界？而後你搭機來到這亞細亞大陸邊緣的小島，妖豔的花冠以三十九度的高溫提醒它在你體內寄居，以劇烈咳嗽與哮喘所噴出的飛沫向你的體外擴散以延續它頑強的生命力。人們招呼與說話，都要保持安全距離，安靜而有禮。醫院裡的醫護人員午餐時都將餐盤飯盒帶走，再拿下口罩各自在僻靜的角落取食。大小會議更是全副武裝上陣，見有不戴口罩者便怒目相向避之唯恐不及，薄薄的一片口罩已成為與罪惡世界隔絕的唯一安全屏障。每當回到蟻居之後我便累倒，人們眼中散發的恐懼以千鈞之力壓在我的眼瞼。關上蟻丘的房門，我立刻倒臥在凹凸不平的柴床上側身睡去。在傳播媒體撲天蓋地報導下，原先對瘟疫的憂慮已然質變為莫名的恐慌，人們匆匆收拾行囊登上島際小白船，航向星羅棋布的島群。上岸之後，便將登港棧道封鎖，如緊緊關閉一扇心房的門。島嶼本就獨立自主不假外求，如動物農莊莊稼自食，此時更如幽靜的桃花源，雞犬相聞而不相往來。

只因與你在診察室裡短暫接觸，你因高溫而前額冒出隱隱汗水，之後，天使們告訴我你的咽喉拭子與痰液檢體裡開滿了冠狀花序的病毒。而我是接觸者，要隔離十四天，從現在開始計時。一如聆聽判決的罪犯，聽完電話我呆立許久，想要釐清這一切事件的前因後果。如同一則夢境，帶著與過去生活經驗連結的千絲萬縷，卻又是如此不真切，彷彿一場上帝與我開的玩笑。我一直以為，當床頭鬧鐘響起，我將回到現實生活，起床盥洗，用完簡單早餐後回到日復一日重複但安穩的工作步調中。然而這一次夢境離我遠去，我無法從夢中醒來，夜間更無法入眠，只能在頂樓的醫護宿舍臥室與起居室藺居，愧疚地來回踱步。為我送餐者，每日只將餐盒置於門口，敲敲房門後即刻如避瘟神般迅速離去，使我難以見之並致上深深謝意。在此同時，當人們視你如闇黑的死神，白袍天使們卻需要至少每日四次進入你幽居的隔離病室，為你量測體溫、脈搏與血壓，傾聽你微弱心跳與汙濁的呼吸。下班回家時，社區裡原先熟識的人們見到天使則立即點頭離去，不敢多言，更不若往日趨前招呼寒暄。令我們憂慮的卻是懷疑自己下班後是否不應回家，不要再見到家人的憂愁面容，不要與家人共餐，不要與年幼子女有任何身體上的接觸，以免將這啃食心靈的病毒散布給他們。

蟻居窗外闃無一人的街道上不見撿拾垂死者靈魂的德蕾莎，只有一雙雙躲在各色口罩後面恐懼的眼瞳，如同躲藏在地球陰影背面。世間的種種磨難猶如無數的冠狀病毒圍繞在生活四周，它們隨時伺機而起，扣擊我們內心孤絕的門窗。

手

自從那天硬幣事件發生之後，我才驚覺未知世界的陰影無所不在，即使那已是多年前的事了，仍如昨日般歷歷在目。

衛生所位於秋桂樓村子的西北角，是一棟一層樓的水泥建築。由於街上的房子都是傳統木材瓦房，衛生所的建材便令人覺得新穎，外牆用白色防水漆寫了「預防保健」四個大字。屋頂的天花板上用水泥做了許多不規則的尖狀突起，究竟只是裝飾，或是另有功能，令人不解。多年後我在已開放參觀的鐵板澳口大漢據點的炮陣地也見到相同設計，聽友人解說才瞭解這些尖狀突起物是用來分散炮擊時的巨大震動回音。那時，每逢單雙日兩岸交互炮擊對方軍事陣地，誤擊民宅造成死傷也所在多有。衛生所常駐一位輪值的軍醫官與護理兵，以及村裡的護士姊姊幫軍民診治疾病，所裡總瀰漫著一股藥用酒精的刺鼻味道，垃圾桶裡常見沾了血跡的紗布。我就曾親眼看見鄰居伊嬸切豬肉時順便切下了一塊自己的左手食指肉來求診，還被取笑是否嫌豬肉量太少了，參雜一點自己的手指肉加菜。

我三歲時有一陣子常夜咳，姊姊伊平曾一字一句斬釘截鐵地對我說：

「你小時候咳了至少一百天，一定是得了百－日－咳。」雖然之後我揣測那時咳嗽應該起因於幼兒常見的急性支氣管炎，而伊平姊之後也學了護理，但她一直到現在還是堅持我那時是得了百日咳。

母親曾因我久咳不癒而帶我搭了二十小時的補給艦，從秋桂樓的軍用港口一路搖晃到基隆港。在軍民人群簇擁下不用自己前行，就隨父母親被擠下了運輸艦。我們提了大小包裹到基隆火車站搭夜車南下臺中，直到小阿姨家。由於第一次來到臺灣本島，對三歲小孩而言，偌大的世界就是一座遊樂場，便張大著一雙眼睛探索這新奇的世界。我尤其對火車著迷，那長如黑龍的列車車廂一路轟然前行，彷彿駛向未知的人生旅程。在我們秋桂樓不可能看見火車，因為小島丘陵起伏，幅員狹小，若有火車也只能往遼闊的海平面上開去。在火車上搖搖晃晃地睡了一宿，小阿姨與姨父到臺中火車站接我們到眷村的家，媽媽忙著與姊妹寒暄，我則溜出屋外玩耍。在小島野慣了，就在巷子裡四處亂走，追著也是溜出屋外貪玩的鄰家小花貓。一會兒累了就想到要回小阿姨家，可是回頭望去巷子裡兩排房舍每一戶都長得相同模樣，也不知門牌號碼，頓時驚慌失措。找了片刻，還是不得其門而入，眼看天色漸暗，不禁悲從中來，嚎啕大哭。結果是被聞聲而來的姨父從巷子裡撿回家，從此我就成了小阿姨全家的笑柄。

也不記得在臺中看了怎樣的醫生，卻只知道兒時吃了許多成藥，現在仍對京都念慈菴複方川貝琵琶膏的香甜記憶猶新。即使沒咳嗽，平時也想用手指沾來當零食吃。秋桂樓街上有一家回春堂中藥舖，路過時常可以聞到店裡飄來混和著各種藥材的香甜。店裡的學徒常坐在門前用雙腳滾動輪狀的藥杵磨藥，手上沒閒著，還拿著研缽搥藥，他黝黑的雙手散發著川芎、茴香與天門冬的混和辛香味。我常因好奇而駐足觀看，幻想自己是中藥店的學徒。

街尾離衛生所不遠便是傳說中俠客隱居的漁寮。這一棟青石牆上刻有馬祖日報四個大字的房子神祕幽靜。據說它曾經是連江縣政府辦公處所，之後因縣府遷移廢棄，便成了我與鄰家大頭的祕密基地。

那天也是有著暖暖冬陽的午後，五歲的我正蹲踞中藥店前望著藥杵出神，忽然一陣喧鬧，人群向街尾衛生所擁去。鄰家大頭氣急敗壞跑來跟我說你大眼睛弟弟在玩耍時，不小心將孩子們互相搶奪的五元、有總統頭像的大硬幣吞了下去，現在在衛生所急救。我聞聲便跟著人群跑去，沿路只聽人們說道衛生所裡來輪班的軍醫說沒辦法了，拿不出來，喉嚨太深了也看不見硬幣在哪兒。到了衛生所前，由於人太多根本擠不進去，大頭口裡只管叨唸著完了完了怎麼這樣。我想像著每日與我遊玩形影不離的大眼睛弟弟目前的模樣，他是在遭受怎樣的磨難？只隱隱聽到衛生所裡傳來啜泣聲，我想應該是傷痛欲絕的媽媽在哭泣。四周人們都寒著臉，不知如何是好。我只想著以後見不著大眼睛弟弟，我將從此形單影隻，沒有人再陪我到船舶連營隊倉庫偷漫畫、看保鏢連續劇、到街尾黯黑的漁寮探險、聽我胡謅西遊故事了。

正憂傷中，突然前面人群裡傳出來說拿出來了、拿出來了。我一時無法會意發生了什麼事，只能從人群身體的縫隙中想一窺衛生所裡驚心動魄的現場狀況。後來才聽人說起，是媽媽突然用手指伸到大眼睛弟弟嘴裡，硬是把那五元大硬幣從那深不可測的喉嚨裡夾了出來。此事不僅令周遭圍觀的人們驚駭莫名，媽媽也從此成了秋桂樓街坊流傳的傳奇。更有人說媽媽有一雙魔術師般的手，那塊硬幣根本就是她變出來的。而我當然知道這雙手的神奇，不但每天將我們的一大盆髒皺衣服變得潔白平整，一日三回，還在廚房裡變出一盤盤炒白菜、糖醋排骨、清蒸小白鯧，以及一鍋香噴噴的地瓜稀飯。

隨著年齡漸長，死亡的陰影逐漸蔓延開來，幸運之神也漸遠離。從醫學院解剖實驗室裡的大體老師、醫院病房裡急救無效後的病人、在家裡安詳往生的街坊親友、在山崖海濱被發現的無名遺體、以及在殯儀館裡躺著宛如沉睡中的親人，那一雙雙攤開且一無所有的手都一再提醒人們生命有著截然二分的世界，除了現時生存的空間之外，還有另一個無法觸摸、無可理解、無處證實它存在的境界。因未知產生的恐懼孳生了哲學與神學，除了世上的傳統各大宗教之外，許多類宗教的民間信仰應運而生，人們也趨之若鶩。在日常生活裡對去世親人的思念則使靈媒應運而生，盼能鉤取亡魂前來交談以一解數十年相處相依的思念之苦。因此當人們不遠千里前往求援，也果真由靈媒口中傳出日思夜想的親人生前聲音語調時，常可見到前來尋親的伊公伊婆因痛徹心扉哭倒在地而無法自持。

去年姪女齡兒也生了一對雙胞胎，讀小學時被笑稱是愛哭包的小女孩轉眼也已為人父母，一旁躺在嬰兒車上未滿週歲的小寶貝雙手抓著身邊任何可以抓到的衣物玩具。我輕輕握著那一雙小手，彷彿回到三歲時臺中眷村的巷弄，那找不著家門的小男孩驚慌失措地張望，周遭暮色正無聲地降臨。

手機

雖然父親已經辭世經年，我的手機裡還存有他的手機號碼，彷彿只要按下它，就可以再聽到那蒼老親切的聲音：「伊弟，平安，要吃飽吃好。」

常聽參與文史工作的朋友說，對於過去歷史，我們都急於去保存，做田野調查與口述歷史，只因為耆老日漸老去亡故，歷史書寫與紀錄有與時間競走的焦慮。我真正體會這樣的焦慮感卻是因父親的緣故，由於海峽相隔，距離遙遠難得一見，每回見到父親時，便覺得他又蒼老了許多。

年前大哥來電話說，父親又摔倒了，醫生說右上臂骨折，這距離他上次在桃園平鎮住家附近過馬路時被機車騎士撞倒不到一年。我去桃園的小醫院探望他時，他右手臂包著石膏，再用草綠色的三角巾包紮吊在頸上。他說，週日正要去中壢市區做禮拜，搭公車時，覺得一陣暈眩，便從車門口摔了下來。公車司機急忙下車攙扶，問要不要叫救護車送醫，他直說不用，在路旁坐坐就好。初時還不覺得疼痛，待想要扶地起身時才驚覺右手臂痛得無法用力，結果還是送醫。他一直重複地對我說：「不知怎麼摔的，真是老了，哪時死也不知。」我聽了心中不禁一陣酸楚。

即使身體狀況不斷，父親的神智思緒一直很清明，這時，我才覺得人隨著年齡增長以至老年，失智者或許比較幸福，不致因不可抗拒的肉體機能退化而驚心。直到故去前三個月，父親仍不解地對子女說：「怎麼會得這種病呢?真是麻煩。」那時，他已經失去所有日常生活的自理能力，要完全依靠家人照料了。神智清醒的他，對自己身體的老化，器官失去日常功能，有著深深的無力感。由於並非他的主要照顧者，我只能在電話中給予兄姊鼓勵與建議。然而每日三餐，吃喝便溺等生活細節，非親身照顧者實在難以想像其中辛勞，而這些工作大半落在大嫂身上。只要父親在家，兄嫂請朋友同事回家便餐也低調行事，深怕影響父親心情。我實在難以想像父親長期臥病在床時，這周遭世界在他眼裡變成什麼模樣？身體健康行動自如的子女一如往常生活工作，按時上下班，也須定期休閒。這一切對臥床的病人而言是多麼難堪，甚而是否憂心自己成了家人的累贅與包袱。只是父親的病情持續惡化，子女甚至還來不及考慮向社政機關申請日間居家看護人員。我深知長者每日生活照顧的需求，長期照護居家服務員的介入對家人來說有實質幫助，但這些建議都被父親拒絕。出於想為父親盡棉薄之力的補償心理，我與兄姊討論是否考慮將父親送往安養院照顧，一來可以減輕家人照顧負擔，不影響日常工作，二來也認為有專人照料，在生活品質上或許較佳。可是，只要兄姊對父親說明此想法，他便淚流滿面，久久不發一語。此時，我們才深深體會老人家對子女棄養的恐懼，無論如何解釋安撫也無法排除，甚而這主張讓我背上不孝的罵名，遭受家族長輩指責。

有一回平姊去桃園探望父親，晚上留下陪伴，深夜時父親對她說他真希望此刻就死去，也一再表達他對自己身體機能退化衰老的無奈。平姊的勸慰似乎無法減輕父親被疾病折磨的痛楚，父女間一席夜談僅留給兒女無盡的愧疚與悲傷。之前他仍行動自如時，每當子女前往探望他，他必拉著我們的手到他的房間，指著貼在牆上的字條說明這是教堂神父與修女的聯繫電話，他已經請他們安排好大溪天主教聖方濟墓園等設施，也已經到現場勘查過了，覺得環境尚佳，周遭也都是教會教友安息之地。我們聽了總是告訴他別胡思亂想，人都還健在為何總談論這些不祥之事。

現在回想起來，其實父親對身後事的安排有跡可尋。平常他原在住家附近的教會做禮拜，後來不知為何轉去中壢市區耶穌聖心堂，每週日不辭舟車勞頓前往。關於這些，我們都是之後從神父與修女處輾轉得知，也才知道父親希望聖心堂的神父為他做臨終彌撒。後來我讀到法鼓山聖嚴法師自傳《雪中足跡》時，見到其中提及他青年時期在上海大聖寺出家，忙著為喪家做超薦經懺的故事，瞭解即使宗教信仰不同，對往生超渡祈求靈魂解脫的需求並無二致。

父親青年時期正逢國共內戰，他在千鈞一髮之際離開大陸福建，回到鄉居小島。不久，大陸異色，小島與福建省沿海一衣帶水，卻如隔重山。軍隊進駐後，島嶼完全封鎖，不放片帆出海，也完全阻隔了兩岸親友往來聯繫。人雖不能選擇自己出生時地，卻可以從容安排自己身後之事。就這一點而言，父親相較於二戰期間戰死沙場，與他同一世代數以千萬計的青年軍來得幸福，無論是左翼或是右翼，無論是同盟或是軸心。那些倖存的，雖起先免於魂歸異地，卻也只能在榮民之家裡度過餘生。由於昔日父親曾與縣公車處有些合作關係，故我少時也與擔任公車司機的退役榮民伯伯相熟。他們之中願意而且找得到終身伴侶的僅是少數，大都孑然一身。青年時期因戰亂在東亞大陸顛沛流離，冷戰期間的漫漫長夜裡由於思鄉哭斷肝腸，卻在開放返鄉探親之後才驚覺人事全非，自己已經成了魂牽夢縈的故鄉異客，只能愴然而返。之後決定在小島終老，便將他鄉作故鄉。

世居小島的長者也並非皆順心如意，因都市計畫的嚴格區劃限制，身後之地難覓。他們每每求助於小島醫生，想要得到一張病危證明，以便向民政機關預先申請公共墓園一隅。由於有著根深蒂固的輪迴觀，長者對鄉公所推廣的火葬方式完全無法接受，甚至重病之時醫生建議的截肢保命手術也嚴加拒絕，堅持要保持完整的身軀前往與往生多年的親族好友相聚。

日常生活中每當我在手機裡的電話簿尋找聯絡資訊時，常見到父親的電話號碼，也知道早已向電訊公司退租，但卻一直捨不得將它刪除。它曾是父親與我最常用的連結，每一次當我按下它時，耳邊便會響起父親蒼老但歡喜的聲音。之前我總是不耐父親一再重複地掛念詢問，因此交代完日常瑣事便匆匆掛斷電話。但每當我出門在外，打電話回家報平安之時，卻又希望家中女兒可以與我多談些時間，便發覺自己實處於矛盾的處境。世間人寰轉瞬便遠隔重山，在這春霧迷濛的五月夜晚，思緒起伏難平，我終究還是忍不住按下了手機螢幕上父親的電話號碼。

卷二

草木

四面環海的島嶼與海天共生，居民瞭解海水如對身體裡流動的血液般熟悉，日日譜寫海與島居的花草小事。

落海

群島為丘陵，地勢起伏多變，常在花崗岩石屋巷弄的轉角，不經意地，便為迎面而來蔚藍的海所撞擊。在海天交接之處，島嶼浮現，那是人間的居所。島嶼星羅棋布，眾神亦散居其間，或山巔，或水湄，或隱居村落民居之間，訴說神與人交會的絮語。偶爾神明相約出巡，互相造訪，或於途中相遇寒暄，彼此以椅轎扣擊示意。

不同的季節，海水呈現相異的色澤，與天空相映成趣。無論晴空萬里或陰雲密布，都可以在海面找到對應的心情。夏日的街巷間常見貓咪慵懶地躺臥享受暖暖的陽光，或於屋蔭下小寐，如巫師般神奇地變換著牠們的瞳孔。但大海並非日日平靜，四面環海的島嶼與海天共生，天氣輿圖上的細微變化都會在周遭海域掀起波瀾，繼而影響島居人們生活作息。東南亞海域以氣候多變著稱，每年夏秋之際，颱風動輒而起，挾太平洋豐沛的水氣席捲島嶼與大陸，所過之處摧枯拉朽豪雨成災，人們除了做好防颱應變之外，也只好求助眾神，祈求消災止厄，護佑家戶與心靈的平安。

數百年來島民多以農漁維生，每日凌晨天未破曉即起準備漁事，在大陸沿岸海域與海競搏。今日年輕輩不願從事此勞心勞力的苦差，以至老成凋零，無以為繼。數年前，秋桂樓村裡的曹老先生在颱風來襲的清晨，因為怕魚網流失而急於出海收網。他一如往常與鄰居在家裡喝了一碗純淨如琥珀般自釀老酒之後出海，在靠近定置魚網的海域收網之際，一個大浪襲來，漁船應聲翻覆。兩位鄰居緊抓住漁船漂浮，他們只見曹老先生揮著左手，一會兒就不見了蹤影。兩位鄰居奮力游回岸上，並呼叫邊防哨兵趕快向上級通報防衛司令部救人。不久，海龍部隊的兩棲蛙人前來營救，但因天氣惡劣，只能近海搜尋，直到傍晚天色漸暗仍無所獲。由於颱風侵襲，接下來一整天無法出海搜救，只能在岸邊勉強巡邏找尋，家人心中的焦急都寫在臉上，除了到天后宮、白馬尊王與五靈公廟裡求神明保佑之外，已經抱著最壞的打算。

颱風過後的第三天，天一亮，軍警消防單位與村落裡的鄰居立刻出海找尋，那時海面上風力與海潮仍大，但眾人仍抱著一絲希望，在澳口進行地毯式搜尋。但時間一分一秒流逝，家人的心情也已經沉到谷底。只見天色漸暗，又到薄暮時分，些微希望似乎已趨渺茫。那時，突然警方傳來訊息，說是在東莒島岸邊有人獲救，正在確定落難者身分，好像是曹老先生。所有參與搜救的人們心中為之一振，軍警立刻派快艇前往救援，將老先生接回南竿島醫院救治。老先生不但有身體內外部創傷，生命徵象也極微弱，所幸經長期治療之後終於活了下來。曹老先生說他那天因為被接連而來的大浪沖擊愈漂愈遠，他只好緊抓住固定魚網用的大浮球暫時浮在水面。雖然浮球救了他的性命，但也因硬式浮球對他身體長期劇烈的撞擊造成嚴重內外傷。原先他希望慢慢游回岸邊，但因風浪過大，海流太強，始終無法靠岸。多年與大海討生活的經驗告訴他海的險惡，人類切不可與之對抗，而他瞭解海水就如對自己身體裡流動的血液般熟悉。正因如此，他便抓著浮球順海流漂浮，以便維持僅存的一絲體力。颱風天的夜裡在一望無際的海面，身體泡在冰冷海水裡漂浮。仰望陰鬱的夜空，世事如走馬燈般一幕幕掠過腦際，七十多個小時彷彿較自己七十多年的生命還要漫長，實在難以想像自己如何熬過。在天色的微光裡感覺自己的生命漸漸消逝，但他畢竟憑著討海人天生的倔強與對海的熟悉撐了過來。

島嶼每幾年都會傳出有人因不同原因落海，思之令人悲慟，但其中卻也有些落海原因令人感慨。前些年媒體大量報導過去臺灣投共軍官，曾任世界銀行高級副行長、首席經濟學家林毅夫的生平軼事，使某些對國際局勢現況不明瞭的臺灣年輕人也想仿效，其結局自然令人唏噓。在此承平時期，往日海峽兩岸零和競存的意識型態抗爭已經煙消雲散，在持續良性互動的和解氛圍下，個人英雄主義式的行動可預見地必以悲劇收場。

大海無語，但當它發怒掀起滔天浪潮時，往往令人措手不及。即使現今因廣設路燈產生光害，島嶼在靜夜裡仍可見到滿天星辰，猶如曾在人類歷史舞臺上粉墨登場的眾多神祇，他們正沉默地俯視人間的辛酸悲喜。墨綠色的海浪一波波打在岸邊消波塊上，瞬間悄無聲息。在每月兩次的大潮期間，海水便如戰場上多如螻蟻般的軍士越過沙灘與消波塊前撲後繼直奔堤岸而來。它們漫上海堤，湧入岸邊公園、步道、公路與運動場，甚至侵門踏戶直入民宅。直到此時，人們才認識到大海一直伴隨著島嶼人們的生活作息。只是在日常無須跨島旅行之時，縱使每日行經岸邊，人們也未曾感受到海的存在，而僅以如常的海天一色與落日餘暉的自然美景視之而不以為意。直到它發怒了，伴隨著震天價響的狂風與暴雨，人們方纔驚覺它近在咫尺，與我們的每日生活息息相關。

位於西南太平洋，與此地相似的另一島群，由九個珊瑚島組成，南北縱深約五百六十公里，但面積只有二十六平方公里的島國吐瓦魯國，人口約有一萬一千餘人，國土地表最高處不超過海平面四公尺。由於海岸常遭海水侵蝕，土地有減無增。全球暖化的問題對我們而言只是每日面對的環境保護議題之一，對他們而言卻是生死交關的大事。在二〇〇一年，因海平面不斷上升，吐瓦魯政府宣稱其居民將撤離自己的土地，希望周遭國家可以提供其國民安身立命的土地與居所。鄰近的紐西蘭同意每年接受固定配額撤離的居民，但有著廣漠大地的澳大利亞則拒絕了吐瓦魯政府的請求。此猶如聖經出埃及記裡的故事，竟然在我們現實世界裡發生。在人類生存的這顆美麗星球上，海洋面積占了百分之七十一，可供我們生活居住的陸地面積僅占百分之二十九。在可預見的未來，人類與海之間的互動故事仍將不斷上演，如同億萬年前的過往一般，不斷地改變著我們未來歷史的走向。

歸來

每回出外之後歸來，總有一種難以言說的惆悵。我所說的出外，是指搭乘臺馬客輪或是立榮航空固定翼飛機離開星羅棋布的島群。離開的時間無論是一天、兩天或是一個月，惆悵之感從搭乘火車到基隆碼頭途中，或是乘捷運、計程車往松山機場的車程中即已浮現，旅途中時間逼迫的感覺令人窒息。

數十年前，返回島群的感覺使人恐懼，那是因交通工具的簡陋與不適。鼠灰色補給艦在臺灣海峽航行時的漫漫長夜，沉悶船艙中，海軍吊船繩索發出的吱呀聲響，鄰床人們沉睡時的鼾聲、嘔吐聲，或是嬰兒奄奄一息的哭泣，都令人的心沉沒冰凍的艙底，隨著潮水韻律左右搖晃。如今的客輪比以往清潔舒適許多，但自基隆港緩緩越過海峽向島群航行的深夜，我依舊輾轉難眠。開著床頭的小夜燈，我在船行經海峽中線時，已將村上春樹的《國境之南，太陽之西》讀完。只好下床走出艙房，在艙房內人們的沉睡聲中行過走道，開門，再走到艙房外甲板側翼。倚靠著欄杆，我望向闃黑的海面，海風襲來，吹散一頭亂髮。

我們的大半生竟然都在旅途中度過，即使搭乘固定翼飛機也是一樣。數十年前過往的歷史已經如煙消逝了嗎？不，媒體上仍然報導島民昔日服國民兵役時薪餉補償議題，因為兵馬倥傯的年代，無論男女全民皆兵都被強迫徵召擔任民防自衛隊員，而國家並無任何給付。

由於自己的工作性質以及航空公司班機排定起飛的時間使然，常要趕搭清晨六點五十分的早班飛機回到島嶼。因須提前半小時到航空公司機場櫃臺報到劃位，為免極難訂到的機位因遲到而取消，因此清晨五點以前即需起床洗漱完畢出門搭車。出門時，昨夜約好的計程車往往已在門口等候，司機先生躺在平放的駕駛座椅上正在補眠。前往機場途中，日常車水馬龍的街道此刻寧靜異常，使人覺得彷彿進入另一個完全陌生的時空。清晨的空氣清澈冰涼，熟悉所有車道超速監測器所在位置的司機先生有時會在無人無車的十字路口偷偷闖越紅燈，且以得意的口吻告訴我有關超速照相設置的細節。在微明的天色中，只有二十四小時營業的便利商店仍亮著制式的店招，趾高氣揚地占據所有街道的轉角。車行經民權東路與敦化北路的交叉路口時，機場的入口標示赫然在望。這個路口應是所有島群居民共同的記憶意象，僅次於基隆港的客輪候船碼頭。今年夏天，在密集的強勢媒體報導之下，許多世居島嶼的遊子返鄉探望親友，也好奇地想要重新認識記憶中熟悉又陌生的鄉土。而他們十五歲國中畢業那年暑假清晨在軍港港口排隊待檢，提著或肩著簡單行李簇擁離家遠行，已經是三十年前的往事了。這漫長的歲月間，只能靠著偶爾捎來的隻字片語與島嶼親友互換彼此近況。

有時，相隔數十年未見，突然收到的是友人子女婚配的喜訊，抑或是令人愕然的白色噩耗，是完全無法逆料的。彼此難以見面有諸多原因，其中一個原因竟然是聞搭船色變。只要想到將要待在駛往惡魔島般的運補艦裡近二十個小時，便因恐懼而連續三天無法成眠。

固定翼飛機也是如此，風切、雲高不足、能見度、南機北降等等航空專業名詞或只在島嶼出現的特殊名詞，如今每個島民都能朗朗上口，已成為日常生活的一部分。我習慣到機場候機時行李中帶著一本便於攜帶的小書，但須足以提供八小時閱讀內容，以便在機場關閉期間排遣時光。只有北竿機場提供飛機起降的年代，我正以飛機通勤的方式在臺北的大學研究所進修。島嶼機場有三成機率因天候關場，舉世罕見。若機場關閉，就不再搭船回南竿，晚上就在北竿島同學家裡借宿。次日凌晨三點以鬧鈴叫醒，提著背包趕往機場排隊候補機位。即便到了機場，也常見航空站緊閉的大門口早已大排長龍，而排隊的道具多樣，有紙箱、背包、板凳、菜籃、身分證、健保卡與安全帽等不一而足，蜿蜒如蛇，蔚為大觀。

在島群之間往來也是如此。最為便利的當數北竿與南竿之間。夏日晴空萬里，從窗外遠眺，北竿便自觀景窗內浮現，翠綠碧山山勢連綿，清晰可見。遇四月春霧季節，終日雲煙飄渺，島嶼若隱若現，滿布神鬼傳奇。島際小白船每小時開航，十五分鐘航程，遊客尚未體會乘船經驗，即已抵達北竿白沙碼頭，乃怏怏然下船。以南竿島為船運中心點，至東西莒島則需一小時。昔曾陪同友人赴東莒參訪，船行中途，我已經有噁心之感。友人初次搭船，左顧右盼興奮異常，竟無絲毫暈船跡象，令我汗顏。當日同船有來自臺灣本島的高雄鄉親旅遊團，婆婆媽媽在船上嘻笑喧譁，齊聲高歌。我見他們遊興正酣，只好閉眼假寐。但也真巧，中午在島上大坪村裡用餐時，竟然又在同一餐廳巧遇。他們依然笑鬧歡喜，真是一群令導遊喜愛的團員。東西莒自從馬祖之星新船加入營運，由於船身長度可抗浪，乘船舒適度大幅提升，竟然亦有杜工部詩中「便下襄陽向洛陽」的速度感。他日船舶若可讓車輛自行上下，如愛琴海諸島一般於各島之間自由馳騁，則可達完美之境。

離南竿兩個小時航程的東引島則以大型臥鋪客輪臺馬輪為主要交通工具，往南竿島航程約兩小時，若往基隆港則需七小時。由於船體較大，於夏秋之際航行平穩舒適，航行途中我則與友人於餐廳小坐，用些輕食，閒聊片刻，即可遠遠望見如一塊巨石般的東引島中柱港碼頭。春冬季節東北季風肆虐，則於臥鋪小憩，以減少船行時的不適。一如東西莒島一般，東引島與大陸並無直接開放通航口岸，每逢東北季風風強浪大，平均風浪逾九級以上，臺馬輪動輒停航。此時，若無交通直升機載運乘客，東引將成孤島，對外交通完全中斷。島際小白船由於噸位小，風浪大時舒適度不佳，冬季幾乎不作交通客船使用。多年前，我曾赴此國之北疆為東引鄉親做身體健康篩檢。因恰逢颱風來襲，風高浪急，海上交通完全中斷，竟然困居島上七日方回，身上盤纏花費殆盡。所幸三餐於鄉公所搭便餐，由鄉長供應食宿，遂免於流落街頭。當時由於工作皆已告一段落，便於風雨中陪同鄉公所友人至社區裡執行公務，此時方知島嶼青年的勤勞樸實。由於機關單位小且職缺工作人數少，幾乎人人身兼數職而無怨言。

島群之間交通工具簡陋皆起因於人口過少，無可營利之市場經濟規模。若有希臘諸島或北歐波羅的海沿岸之眾多人口，自然有其市場，並可由民間航運公司提供舒適且可供載客與運載車輛的服務。馬祖島群於一九四九年以前本來就分別隸屬羅源、連江與長樂三個縣治，或許，回溯一九四九年以前島民的日常生活方式，各島就近增加與大陸鄰近縣市通航航線是可行的解決方式之一，但也要設置邊防檢疫海關且大陸方面願意配合開放港埠才行。

每日生活裡總在大小島嶼之間穿梭，望著車船擋風玻璃前方，人影山巒路面海浪如快速倒映的默片不斷向後退去。所謂人生，也只是一段永遠無法回首的旅程。

漫遊

前些天去村子裡看幾位老人家。

原來只是公務行程，年節期間要關心一下獨居老人。到牛角村時東北季風撲面而來，同行的同仁臉頰被風吹得像兩顆加州紅蘋果。

走到迷宮般的巷弄裡，我越來越熟悉，原來是我幾年前租屋所在，要探視的是我以前的鄰居老婆婆。之前她與兒子同住，如今兒子搬去同村新居，老人家住不慣新屋，還是住老家。我們敲門打了招呼，老婆婆圍著圍裙，獨個兒在廚房裡準備年節的麵食，她的髮髻上戴著一朵粉紅色小紙花。她見我們來，忙不迭地將沾滿麵粉的雙手在圍裙上擦著，招呼我們坐下。我們說沒關係並說明來意，不知是否天氣嚴寒，老婆婆聽了臉頰也紅潤了起來。我拿著裝有兩雙毛襪等小東西的紙袋給她，她連聲道謝，我倒覺得不好意思了，連說沒帶什麼好東西給她。由於相熟，我們出門時她一逕拉著我們臂膀，要我再坐一會。我們說還有老人家要探視，她才放手說有空再來，直愣愣地站在屋前見我們離去。

前些日子一部紀錄短片導演曾經訪問過她與其他村子裡的老婆婆，聊聊她們的舊日生活，她們也大多健談。雖然獨居，但由於村子裡都是幾十年的老鄰居了，三不五時串串門子，或是到村辦公室和婆婆媽媽聚聚，摺摺紙箔蓮花，也不至於太孤單。

相對於村裡的老婆婆老爺爺，榮民伯伯的住處就令人感覺蕭瑟許多。這棟位於山路旁的榮譽國民之家在軍管時期歸馬祖防務司令部管轄，歷任司令到任，也必會擇日親臨此地探訪這些昔日隨國軍走遍大半個中國大陸、青年時期就效命疆場的舊日軍中袍澤。原先這兒住了七位榮民伯伯，如今絕大多數的日子，庭院裡不見人影，往日熱鬧景象隨著老榮民逐漸凋零而不復見。大李伯伯躺在房間的床上，見我們來，顫巍巍地起身。我們希望他起來走走，便扶他桌旁坐下。見他赤腳，慌忙問說襪子在哪裡，要幫他穿上。他大氣一喝，便說走過大江南北，什麼天寒地凍的日子沒過過，他冬天從來不穿襪子。我們知道有些老人家是因為彎腰穿襪困難，就索性不穿了。但見他年紀雖大，脾氣仍然不小，既然如此堅持，我們雖覺得為難，也只好作罷。由於沒見到小李伯伯，便問他去處，而他們竟也不知，只說他開車出去了。

我們沿路去找小李伯伯時，在附近村裡廣場公園邊看到他那輛破舊的藍色小轎車。村裡人們都知道，他最近一年就睡在自己的車上，蓋著薄棉被，開著車上的暖氣，晚上停在二十四小時營業的便利商店門口。我突然想起，他似乎是漫遊仙境裡那位迷途的孩子，等鑽出這深邃黝暗的樹洞，他就會變回人的模樣。無論是因為任何原因，一九四〇年代他們離家參加軍隊時大多十七、八歲，不正是個孩子嗎？

我想，他似乎如童話裡的愛麗絲一般跟著那隻急忙趕路的三月兔，每天睡在不同的地方。清晨六點他好夢正酣，但常被吵醒，有人正在輕扣他的車窗，像昨天在公路正中央踟躕的那隻鸛鳥。對著他指指點點的人們，應是對岸來的觀光客，他們應該是因這座小島竟然也有睡在車上的流浪漢而覺得好奇。

「我過完年就搭船去馬尾，我姪兒會從四川來接我，我要回重慶。」他說。

他似乎不再想回那棟住了幾十年的榮民之家住處，只因同袍一個個相繼離開了，也都在榮家辦了簡單隆重的喪禮。最近老邢才走。老邢到大陸娶了媳婦，一年前話也講不出來了，後來整天躺床上，三餐要他媳婦餵他。上個月，醫生護士來，在他鼻子裡插了一根塑膠管，每天就從管子裡餵豆漿。他每天看了都難過。

老邢走了，小李伯伯開始過著睡在車上的日子。

有時街上沒停車位，警察趕人，他只好四處遊走。行到水窮處，臥看霧起時，車過鐵板村往兩廣的濱海路上，中華電信的訊號無法涵蓋時，他的手機就會傳來一則簡訊：「漫遊時手機上網或撥打電話會加收漫遊通話費，中華電信祝您旅途平安。」然後手機螢幕就顯示「中國移動」。移動什麼呢？兵馬倥傯的年代不是早就過了？穿過立著赤膊上身雕像的兩棲連連部，車行津沙村，再經過四川、福建到馬港村時，訊號就又恢復成「中華電信」了。

「我這樣到處亂跑，媽媽會罵我吧！」他說。

以前跑完公車，夏天在榮民之家的苦楝樹下下棋時，老邢總是有一夫當關的氣勢。可是，時間就是那隻驚慌失措的三月兔呀，一晃眼，就是六十多年。

「再這樣開下去，我會穿過地心，到地球另一端嗎？」愛麗絲說。

後來我們聽說，有一回鄉公所的替代役役男來送午餐，他打開一瞧，咬了一口，假牙差一點陷在雞腿肉上。二話不說，他立刻開車直達鄉公所，將七、八個飯盒丟在滿臉驚愕的值日人員桌上，轉身就走。

那天我們到醫院看他，因為當天醫生留他在急診室觀察，他沉沉睡著，似乎已經許久沒睡在這麼舒服的床上了。晚上馬祖防衛指揮部指揮官知道他住院，就派了軍中弟兄來照顧。接下來兩天，他只能坐在輪椅上無法起身，三餐要弟兄餵食；再下來兩天，逐漸大小便失禁，屎尿遍地。他住了幾十年的榮家宿舍，想起老邢，想著想著自己就哭了起來。喝完弟兄從村裡便利商店買來的皮蛋瘦肉粥，他發現自己的身體縮得愈來愈小，愈來愈小。

他說他正浮在自己眼淚所積成的湖上。

「伯伯你這樣很難看，趕快把褲子穿上吧，旁邊還有別的病人呢。」護理師過來說。

他仰頭望著急診室天花板的照明燈，白熾燈光亮得令他暈眩。我想，或許這時，苦楝樹的落葉正緩緩飄落他的臉上，他睜開眼睛，啊，原來是一場夢呀。身旁榮民之家服務員的服務紀錄簿上不是還寫著附有他們宿舍編號的名字：一、李○○，二、李○○，三、宋○○，四、林○○，五、黎○○，六、夏○○，七、尹○○……。

七條好漢在一班。

秋桂樓的理髮師

理髮師故去了，至今我仍不明白那一年夏日午後，他為何可以獨自離開民防隊演習跑回店裡，實踐了他的約定。

自有記憶起，秋桂樓的男孩們便只能留三公分長頭髮。國中以前更慘，只能留前半段三分頭，那種被在此服役的義務役軍人譏稱為小日本頭的髮型。這令我們這些小男孩覺得羞憤卻又無可奈何，因為只要令人畏懼三分的訓導老師說要檢查頭髮、手帕、指甲，我就知道又要去找街上的理髮師了。理髮店明朗乾淨，進得店裡，迎面便有一陣清香撲面而來，溫暖舒適，彷彿和煦春風。若有客人正在剪髮，我瞧瞧理髮師，他就會點點頭說：「坐下，等些時候。」我就會坐在一旁的軟墊椅子上等待，同時看著坐在理髮椅上客人的頭髮紛紛飄落。此時我想像他是隱遁江湖的俠客，約莫四十開外，批著潔白圍兜，剪起髮落，邋遢的鄰居笨馬伊伯便頓時清朗了起來。大部分時間他都右手執手動的髮剪，左手拿髮梳，這對他而言輕而易舉，倚天屠龍，神采飛揚。後來偶用交流電的電動刀，卻反而顯得厚重遲鈍難以施展他爐火純青的本事。我總喜歡看他用手動髮剪時的輕巧，起落如劍，刀光髮影。

理髮店裡那股暖暖的香氣，令我流連忘返，也常使我蒙上濃濃睡意。有時另有軍人或鄰居的長輩到來，也就禮讓他們先剪。他似乎會意，但也不明說，只微笑著讓我在椅上沉沉睡去，繼續演出他私密的技藝。當他用肥皂泡沫塗抹在男人的臉上，再用剃刀輕輕刮除時，我總是看得目瞪口呆，無法相信人們為何可以如此無視刎頸之險，將自己完全託付給理髮師處理自己的阿基里斯致命弱點。我雖不怕剪刀或髮剪，但是極為怕癢，尤其當剪完頭髮用溫水洗淨，要我低頭以便刮除頸後的細毛時，真是奇癢難耐。每回要刮之前我就咯咯笑個不停，理髮師此時反而不苟言笑，鎮定地完成他在我頭上留下的雕塑般作品。

有一回小島演習，連續三天學校停課、機關停班，除了學生，所有家庭成員都被徵調當民防隊員。我與弟弟不想和鄰居擠在村外漆黑的防空洞裡無所事事，便樂得躲在家裡閒著。在家裡不准點燈，只能偷看默片般的無聲電視，或利用窗戶縫隙透進來的自然光看紀慶堂武俠漫畫《玉扇書生》。由於無法生火造飯，三餐只能吃野戰口糧、可口奶滋、五香乖乖佐以鐵罐裝的津津蘆筍汁果腹。因為過兩天要檢查頭髮，晚上當日演習結束便去了理髮店，只見他們家正圍著餐桌用餐。理髮師見了我要我明天再來，雖然我提醒他明天仍要演習，他依然說沒關係，要我來就是了，說完就打發我回家。

隔天接近中午仍在軍事演習中，我在門縫裡覷了半晌，見街道上沒有演習的部隊蹤影，便溜出家門，繞過堆疊在村口的層層沙包、戰備水與機槍，再沿街快步潛行。進了理髮店裡，只見漆黑一片，只好坐在窗旁等著，再就著窗口窺探街上的場景。一回兒，跑來三個鋼盔上插滿樹葉，身穿草綠軍服，雙手握著M十六步槍滿臉汗水的軍人。他們來到窗口，敲著窗門問我有沒有飲料可賣。我搖搖頭，說這裡是理髮店，沒賣飲料，他們便悻悻然而去。不一會兒，兩個滿臉塗黑墨汁頭戴鑲紅星軍帽，穿草黃卡其服的民兵跑來，直接進到店裡，放下肩上步槍就坐在理髮椅上瞇起眼睛休息，嘴裡還抱怨村公所的指導員嚴苛偽善窮凶惡極。我仔細一瞧那不是隔壁澡堂伊國和特產店伊弟他爸爸嗎？怎麼變成共軍了？這時不遠處的公路上傳來陣陣裝甲車行進與保護路面的車輪護墊拖行的聲響，刺破了晌午的寂靜。接著，理髮師出現在街道上並推前門入內，他頭上戴的是青天白日魔的草綠色軍帽。理髮師一進門抬頭見到三位共軍坐在理髮椅上休息，就叫其中一位伊國他爸起來，然後招呼我坐

下，就開始剪了起來。於是，一個國軍、三個共軍與一位小學五年級的學生便在秋桂樓街上的理髮店裡共處了一個夏天的晌午。那時，電視裡的午間新聞正播報著美國詹森（L. B. Johnson）總統呼籲召開「關於越南問題的巴黎會議」，美國、北越、南越、越南南方共和國臨時革命政府四方共同在巴黎討論關於在越南結束戰爭並恢復和平的協定。

剪完頭髮，我便跳下椅子，付了錢，開門縫往外覷，只見街尾伊武媽媽養的放山雞帶著五隻小雛雞也在闃靜的街道上漫步，而一旁的大公雞卻在白日不識時務地喔喔叫了起來。我出門沿街道跑回家，到公路路口時，見到路旁躺臥著一隻黑白相間的小花貓，應是昨晚被查哨的吉普車輾斃，而棄置路旁。平日逗弄著牠的隔壁男孩伊福想必傷心欲絕，他曾告訴過我酷寒的冬日夜裡，小花貓總是坐臥他的床尾取暖，有時實在太冷，便鑽進被窩貼著他的小腿邊睡去。

中學時住學校宿舍，為了節省同學們的時間，也為了管理我們這些青春期的叛逆青少年，訓導老師就請理髮師到學校幫同學們剪髮。晚自習時就輪流去閒置的教室，理髮師將我們綁上圍兜就地剪了起來。那時理髮師一如提姆・波頓（Timothy W. Burton）極富童趣的電影《剪刀手愛德華》（*Edward Scissorhands*）裡的快刀手，在每一位同學頭上揮舞一陣髮剪，作品便告完成，有驢子、北極熊、大象、貓熊與老鷹等造型。那時的標準是，嚴格的訓導老師手掌攤開，在男同學頭上握拳一抓，抓得到頭髮的學生就不合格，要重剪，這樣的標準現在想來真是匪夷所思。

那一年冬天，校長召集了全校師生，告知了我們已經知道的中美斷交的消息，平日嚴格的訓導老師表情肅穆地帶領我們發動戒嚴期間小島有史以來第一次的示威遊行，雖然示威的對象是遠在天邊的美國政府。我們沿途呼喊著口號，抗議美國政府並提振軍民信心，途經秋桂樓街道時，理髮師圍著圍兜站立門口看著我們，微微蹙著眉頭。兩年後，秋桂樓的一場大火燒去了理髮師的所有家當，一如其他街坊鄰居。他搬進了街尾那棟青石漁寮樓房旁的一棟小屋子暫居，但理髮店三個楷體字仍倔強地掛在門楣上，一如他雙眼不經意洩露的心情。

近年，他的身體迅速衰老，逐漸無法起身行走，只能以輪椅代步。子女為了照料他，便請了一個印尼爪哇省來的年輕看護Siti，濃眉大眼而皮膚黝黑，骨碌著一雙黑眼睛，對什麼都好奇。有一回Siti推著輪椅陪他到醫院門診時，他跟醫生埋怨說Siti每天吃完晚餐收拾好碗筷就找理由往外跑，每每半夜才回家。那時，他的神情彷彿在抱怨一個未善盡孝道整日儘顧著貪玩的子女。

護理師幫他驗完手指血糖值，就陪著去做心電圖檢查，輪椅上的他已滿頭白髮，不復當年鬢髮整潔的模樣。看著他遠去的背影，我想起適才忘了問他，那年暑氣蒸騰的夏日午後，他是如何偷偷離開嚴密整編的民防隊，沿街曲行回店裡，為了向一個小男孩實踐他前一日的允諾。

聒噪

歷史總是如此弔詭。漫長的冷戰年代中，在世界各地的接戰地區與邊界率皆成為死寂之地。由於禁止人們隨意進出，這些人煙罕至之處，竟然意外地開遍保育類植物或奔竄飛翔著殊異的飛禽走獸。

東西柏林邊界，在柏林圍牆之間的草地上，曾染滿許多東柏林民眾的鮮血。人們亟欲跨越此人造樊籠，由執政者口中的烏托邦奔向自己心中的桃花源。這塊杳無人煙的草地，卻有許多野兔在此奔跑嬉戲，繁衍安居。牠們從鄉村遷居而來，親歷了柏林圍牆沿著東西柏林邊界綿延一百零六公里，從興建到拆除的歷史過程。從一九六一到一九八九年，在重兵把守的柏林圍牆之間，東德波茨坦廣場上的野兔安逸地度過了二十八年沒有任何天敵的生活。

但是人類的歷史不斷前行，一九八九年人們突然推倒了柏林圍牆，也將野兔自此安居之地驅逐。牠們在毫無預警的情況下被紛至沓來的人們所驚嚇，驚慌失措地在迷宮般的柏林市區逃竄躲藏，歷經人類捕殺，貓狗追逐，完全失去了牠們父祖輩自鄉村遷居都市時適應環境的能力。

南北韓之間北緯三十八度停戰線邊界板門店亦然，一九五三年南北韓的代表於此簽定「朝鮮停戰協定」。從此，許多未經過植物學家分類的奇花異草在此停戰區怒長，隨歲月遞嬗，季節替換，遍野開滿寂美之花。板門店是一個村落，名字來自於停戰條約簽定地點附近一個賣香菸的雜貨店，距離首爾僅有六十公里，離平壤則約二百一十五公里。板門店周邊為「共同警備區」，在直徑八百公尺的圓周區域，聯合國軍方和北韓的警備崗哨緊鄰。一如世上的許多古戰場，非軍事區屬軍事管制，因此人煙罕至。當地自然生態沒有外來人為的干擾，各種野生動植物的棲息、繁衍相當多元，已有計畫列為國際生態保護區。只要改善水源與空氣品質，即可讓許多野生藥用植物生長，提供科學研究與生態旅遊。實際上，此區域已知瀕臨滅絕的動物至少有二十九種鳥類、六種哺乳類以及蠑螈與蜻蜓各一種。

相同的，我所居住的馬祖群島與中國大陸的相對關係也是二戰之後世局冷戰年代的一環。在長達四十三年的戰地政務體制之下，馬祖居民的生活起居受到極大限制，其中包括了食衣住行等所有民生建設皆因優先考量軍事任務而停滯。舉凡相機、收音機、籃球、錄放影機等民生用品皆成為違禁品，不准私自攜入擁有，如今回想起過往真恍如隔世。解嚴之後馬祖島群遂成為全臺灣唯一沒有民航機飛航的離島縣市，各項民生建設百廢待舉。

也因軍事管制，沿海各無人島礁管制森嚴，非經允許不得進入臨近海域。近年隨著島嶼觀光轉型發展所需，環境保護成為重要議題。馬祖地區的神話之鳥也是在此背景下，重新被發現而展現在全世界愛鳥人的眼前。對燕鷗而言，地球沒有國界，都是牠們生活的家園。因此，每年牠們都會沿著固定的航線隨季節遷徙。但只要牠們據以生育繁衍的無人島礁遭受人類侵犯與騷擾，來年牠們來訪的意願就會降低。只要經過軍隊火炮射擊，這一年雛鳥數量必然減少。人類的足跡在地球上越走越廣，動植物棲息之地也就越加限縮。

一九九九年生態報導攝影家梁皆得受連江縣政府委託，在預定的燕鷗保護區拍攝燕鷗生態影片做為紀錄。當他獨自搭帳棚夜宿無人島礁鐵尖、白廟、三連嶼時，以影像記錄了這些定期來訪駐居的嬌客。意外的是，在後製過程中他發現這群留著時髦髮型的鳳頭燕鷗群中，竟然躲藏著令全世界鳥友魂牽夢縈的異類。這九隻黃色鳥喙上有著特殊黑嘴端的稀有族類，已有數十餘年不曾再被人類所觀察與記錄。由於文獻上從來

沒有關於牠們繁殖地的確認觀察紀錄，鳥類學者一度認為此族群已經滅絕，如紐西蘭鷹般，永遠在我們藍色星球上消失，僅餘泛黃的照片或悲傷的標本供人們懷想。然而，牠們卻出人意表地在馬祖群島無人島礁上現蹤，帶給全球愛鳥人無限驚喜，此令人雀躍的消息如旋風般傳遍世界各大鳥類保育學會與團體，成為當年盛事。

牠們優雅的飛翔身姿與群聚交談時的高亢嗓音令人懷念，但是，當數萬隻燕鷗在島礁上空以驚人聲勢盤旋飛舞時，人們卻又嫌他們聒噪。我們可曾想過，從柏林、板門店以至馬祖群島，在這星球上真正聒噪的究竟是依季節冷暖、隨地球經線遷移，自中生代侏羅紀便已存在的這些美麗羽蟲，還是終日念念不忘殺戮掠奪，永不饜足的人類？

樂手

學生時期與樂隊真有不解之緣。

高中一年級進了學校不久，老師要我們組軍樂隊，向高三的學長隔屆學習，如此才能傳承。年輕的樂隊老師從軍中來，白皙瘦削的面容頂著小平頭。自我介紹時他說當兵前他是鳳飛飛伴奏樂團的首席爵士鼓手，而臺灣歌手當中，除了鳳飛飛與劉文正，其他都不值一提。言下之意，他是全臺灣流行音樂爵士鼓手首席。

分配樂器時，老師見我瘦弱，扛不起那些沉重的銅管樂，便說，你來當指揮好了，指揮棒最輕，那時立刻讓我想起小學時被選入樂隊吹奏口琴的往事。與高中軍樂隊不同的是小學的樂隊樂器配置中，吹奏樂器只有口琴與短笛，打擊樂器則與軍樂隊相同，主因是小學學童的臂力與肺活量都不足以吹奏體積碩大的銅管樂器。當年也不知為何，男生全被分配吹口琴，而短笛則是女生的專利。

管樂器若不是需費力手持或肩扛著，就是要有充沛的肺活量來吹奏，我們的小型軍樂隊編制有兩支小號、兩支單簧管、兩把低音薩克斯風、低音號、法國號、長號、鈸、兩面小鼓與大鼓，以及可有可無的指揮。

加入樂隊之後，每天傍晚放學，伊水便會找理由跑到樂器室把玩他的薩克斯風。他不斷檢查竹簧片的位置是否正確，且如同強迫症患者般用桐油一再擦拭樂器，直到它發出令人讚嘆而無法直視的黃金色澤為止。當他倚靠樂器室陰暗角落，低沉的樂音從他修長雙手緊握的薩克斯風緩緩流瀉而出時，便有一絲無以名狀的悲傷從我心中浮起。那時學校校舍居高臨下緊鄰崎嶇岩岸，在強烈東北季風的季節，深藍海水不斷往復地拍打著森冷島嶼的黑色礁石。伊水以十五歲少年的憂鬱，緊鎖著眉頭吹奏即興旋律來抒發心中愁緒。後來當我聽到美國爵士樂手Charlie Parker與Quintet演奏的*Cherokee*時，才知道這些如鷗鳥般自由翱翔的音符與敏銳細膩音色，靈魂中深沉的悲傷竟然如此相似。

其實軍樂隊在學校的功能十分有限，平日每天升旗時引導伴奏全校師生唱國歌，放學時吹奏國旗歌，頒獎時負責頒獎樂，然後，在國軍為陣亡將士春秋兩節祭祀時，我們要演奏悲悽的哀樂，而要抵達珠螺山腰軍人公墓則須經過數百層青綠苔痕的石階。

由於高中時住校，夜間有時會見到幾位同學在學校圍牆邊聚在一起哈草，感覺一下成人的放縱，對於宿舍教官每天要求住校生早晚點名漸感不耐。不久我便申請在校外山隴舊街租屋住宿，想要反抗住校生被整天監視看管的處境。偶爾，晚間在租屋處二樓會見到一個長髮中分的青

年雙手持著塑膠袋深吸氣，塑膠袋癟塌時發出細脆的聲響，一陣陣強力膠的濃烈刺鼻香味四溢。後來我才知道那是房東的兒子，剛從臺北輟學回到島嶼老家無所事事。

不久父親到學校來與老師商談，要求我回學校住宿，就這樣輕易地結束了我短短一個月校外租屋通學自由愜意的時光，重回循規蹈矩的住校生規律生活。當兩年後升上高三忙於準備聯考課業時，高一那班乳臭未乾的毛頭學弟已經蠶食鯨吞地逐漸取代了我們學校樂隊的角色，直到我們畢業離校為止。那時，我初次警覺一股年華老去之感浮現在我十七歲的胸臆。

卷三

金色

薄翅蜻蜓於春末夏初的廣場飛舞，複眼神祕莫測，猶如來自銀河系遠方數千萬光年外的親族，陌生和著熟悉。

蜻蜓

秋桂樓村落以一個大廣場為中心散布著，廣場大小約百來米，正對著港口。右邊是船舶連營舍，左邊是憲兵分隊執勤室。再過去便是天后宮，有著火焰般燃燒著的封火山牆，那是童年時的禁區。母親不讓孩子們到天后宮玩耍，有她宗教上的理由。

正對著秋桂樓村口是軍港崗哨，總有荷鎗實彈的充員兵駐守，即使是在地居民也不可任意出入。有一回母親到市場買了些竹蟶，要孩子們到海邊裝些海水來養。我們提著滿桶竹蟶跨過廣場，一路走到戴著斯文黑框眼鏡的衛哨面前要求出港，卻遭到衛哨嚴詞拒絕，他握著M十六步槍的雙手隱隱顫抖。最後變通的方法是請當時不執勤的連上弟兄幫孩子們提著水桶到海邊取海水。秋桂樓前的沙灘是金黃色的，在陽光映照下閃爍著耀眼光芒，幾乎灼傷了孩子們的雙眼。空氣中的懸浮微粒在陽光折射下清晰可見，這風景映照在人們的視網膜上，卻曲曲折折了起來。我們握著柵欄在鐵柵外等候，那位取海水弟兄的身體剪影背著光，在陽光下扭曲起舞。

港口衛哨的這道柵欄將我們的生活與沙灘、海洋完全隔離，成為兩條不相交的平行線。因此，即便生活在四面環海的島上，不會游泳的小孩卻所在多有。要不就需有人帶著，潛行到衛哨見不到的海灣下水，這就是家裡的大哥大姊們應負起的責任。不但要瞞著父母親帶著一路蹦跳的弟弟妹妹繞行危險的雷區，爬下山岩到夫人村澳口的祕密小海灣玩水，還必須躲過衛哨可能的槍擊，再將這些少不經事的小蘿蔔頭平安帶回家。隔壁班的伊強上學期就沒有再回到學校。因為他在星期五放學回家的山路上，見到鐵絲網外側的桑椹豔紅肥美令人垂涎，就將自己瘦小的身體鑽過鐵絲網縫隙進入雷區。在那聲爆炸聲中，離他不到五十公尺遠，那面畫有骷顱頭的雷區告示牌在風中微微震動了一下。而我們在小海灣裡玩水時，仍會遇見遠處崗哨裡傳來的驅離槍聲，子彈打在海邊黑色礁石上發出清脆的回音。之後，即使遠離島嶼已經數十年，在每天蠅營狗苟的忙碌工作之後返家，那脆亮的金屬回音仍常繚繞在夢境裡，使人在黑夜中因汗濕驚醒。

春末夏初的廣場常可見薄翅蜻蜓飛舞，牠們羽化後便於傍晚展現生命中初次優美的巡演。從小我就喜歡蜻蜓，尤其對牠們背上的兩對翅膀迷戀不已。而那雙相對巨大的複眼更令人覺得神祕莫測，猶如來自銀河系遠方數千萬光年外的親族，陌生卻又熟悉。雖然沒有裝備良好的捕蝶網，但由於蜻蜓飛行速度慢，高度低，稍一不慎便束手就擒，牠們細長附帶粗毛的六隻腳焦急地推踢想要掙脫。當我將手輕握住牠們的翅膀，就可聽到口器嗡張著難以譯解的低頻語言，述說著地球悠遠古老的故事。那對薄如蟬翼的翅膀堅韌異常，展示羽化後令人讚嘆的形體，在輕撫下可以感知紋路的觸感。纖細優雅的腹部止於稍突起的尾端，猶如漢字書法的筆畫，有著解剖學上神所賦予世間生物的完美結構。牠們常停駐水面，彷彿沉思靜坐的僧侶，細數著人間的死生劫難。由於沒有製作蜻蜓標本的意念，我大多把玩一陣便放牠們飛去，即便留置飼養小盒裡，也只是好奇地想要抓些比牠們體型更小的昆蟲來餵食，近距離觀看牠們大快朵頤的貪婪模樣。

這座廣場不斷變換著它的場景，如同劇院的舞臺。軍艦來時，它便是乘客的集合點，全島軍公教民士農工商男女老幼全擠在這方圓數百公尺的場域，讓人們充分交換著語言與短暫相逢的熱情。換防的部隊總整齊地在旁集合，因烈日的曝曬而汗如雨下，從鋼盔到綁腿數十公斤的裝備穿戴身上卻依然肅立靜默。休返臺假的官兵則嬉笑怒罵，愉悅但焦急的心情滿溢臉上。民眾老老少少喧喧嚷嚷，身上掛滿一應俱全的包裹、包袱、皮箱、扁擔、斗笠、扇子、牛皮紙與報紙，為即將到來的一日夜海上航程做好完全準備。要等到來往旅客全部登艦離開，廣場才得以復歸安寧。夜間，鄰居伊民一家在家門口擺桌用餐，蟲鳴唧唧，偌大的廣場闃無一人，僅有數百年來祖先的魂靈飄浮其間。

週末假日的夜間村童則自動聚集廣場，在煤氣燈與黑白電視螢幕光線閃爍下玩著丟手帕與捉迷藏的遊戲。鄰家女孩伊華無聲地在我身後丟下手帕後離開，轉眼成人婚嫁，繼而蒙太奇般子女成群。身邊踢罐子捉迷藏的男孩踢完罐子後一個個離島而去，四散不見，只偶爾在口傳消息中得知他們漂流到某島、某洲、某大陸成家立業開花結果。等到再見面時，已身在臺北榮民總醫院的病房裡。那位國中時坐在我後排，上課時老是被東北來的地理老師丟粉筆頭的男孩，此刻兩頰消瘦雙鬢白髮趺坐病床上，輕輕訴說他身體裡有顆腫瘤不時與他對話。而靠在陪床旁的子女眼睛盯著手機螢幕，在社群網路上嬉笑怒罵卻不發一語。我總是難以將時間適當地縫補，總覺得那是一床留了太多空白的百衲被而我疲憊的雙手無力加以填滿。之後隔年召開的同學會就成了人肉搜索的場域，一路驚奇不斷。

搬離秋桂樓老家之後，見到蜻蜓飛舞的機會便少了許多。近年，由於解除了戒嚴令，客輪與客機取代了軍艦的島嶼交通運輸功能，軍港也漸廢棄了，海軍運輸補給艦一艘艘除役，離開喧鬧的人間。它們被擊沉在南中國海海底，成為供魚類休憩的沉默魚礁。秋桂樓軍港的角色驟變，村民可以依靠的，只剩下曾是童年禁區的天后宮，慕名而來的遊客絡繹於途。天后宮曾數度改建，近年引進大陸福州的工匠師與建材，將它改建為華麗的閩南式廟宇。原來的封火山牆已不復見，屋頂燕尾飛向兩側，成了極為突兀的宮殿式建築，無論色彩與外觀都與附近石砌的村落民居難以調和。在時光流逝中，人們得到了些許外在的事物，卻似乎在不可見之記憶深處失去更多。

雖然港口旁船舶連的營舍依舊，也曾一度用來做為運送海峽兩岸偷渡民眾的中繼收容所，如今卻因收容人數劇減而蕭條。高高的窗臺外，僅留下全島唯一有著鐵窗的窗戶予人憑弔。昔日肅殺的軍港只剩兩艘LCU接駁小艇停泊在沙灘上，隨著潮來潮往載沉載浮，船身的鏽蝕清晰可見，彷彿訴說著歲月流逝的滄桑。往日時光在蜻蜓飛舞的韻律中不斷在我腦海迴旋，如牧歌般美好。

每年五月黃昏，蜻蜓總伴隨著春天北返的家燕在廣場漫天飛舞，再過些月份天氣漸熱，就是「重金屬搖滾客」青綠草蟬登場的蟬鳴喧鬧的夏季了。

初音十番

當十五歲的安安哼唱著日本電子音樂虛擬樂團初音未來的樂音旋律時，我實在找不出它的源頭，似乎這段旋律就這樣沒來由地從牆縫裡蹦了出來，毫無頭緒。那首《初音的消失》咬字速度之快已經超出人類聲音的極限，如同弦樂的魔鬼顫音，是數位音樂的罌粟之花。日本現代流行音樂裡，如果坂本龍一是散文，虛擬樂手初音未來就是詩了。

其實我居住的島嶼是沒有在地音樂的，通俗歌曲也付之闕如。從一九四九年封島開始，時間與空間、歷史與文化從中斷裂。孩子們在家裡大多接觸不到音樂，父母親用唱盤聽的是福州戲曲的黑膠或橘膠唱片，孩子們完全不感興趣。倒是在學校裡成立了大小不一編制的樂隊。小學生的樂隊以口琴與短笛為主奏旋律樂器，學校的音樂課也教了許多世界各地的歌曲，如義大利民謠〈卡布里島〉（*Isle of Capri*）。在學校之外，孩子們的主要音樂老師竟然是軍隊。由於軍營遍布島嶼，每到清晨與夜晚，總有高亢的軍歌聲此起彼落。耳濡目染之下，兼且孩子們記性特好，幾乎軍歌皆朗朗上口。有些離學校遠些的學童，清早天剛亮走路上學時便是一路唱著〈出發〉、〈夜襲〉、〈慷慨赴戰〉等軍歌來的。

高中時期的軍樂隊便以小號、薩克斯風、黑管為主旋律樂器，老師也來自軍中，背景多為臺灣各大樂團的樂師，曾有老師自稱是那時風靡一時的流行音樂天后鳳飛飛的專屬爵士鼓手。由於喜愛電影，之後我接觸到美國黑人導演史派克．李（Spike Lee）一九九〇年的電影作品《爵士男女》（*Mo' Better Blues*，一般譯作《愛情至上》）時，很自然地就接受了其中的藍調與爵士傳統，源自紐奧良的樂團樂手演奏樂器幾乎與我在高中時期樂隊裡接觸到的完全一樣。無獨有偶，我喜愛的德國導演文·溫德斯（Wim Wenders）也是爵士樂迷，他曾千里迢迢遠赴加勒比海的古巴，去尋找傳奇的爵士樂老樂手，並將這段過程拍成紀錄片，間接促成了古巴老樂師浴火鳳凰般的世界巡演。

逢年過節時各村落酬神祭典演奏的鼓板樂由於節奏單調重複，只能作為祭祀之用，無法成為精緻的演奏樂曲。近來在地樂手「雲臺樂府」追溯原鄉的傳承，找到的源頭是十番樂，一種福州傳統民間樂曲。參與其中的在地青壯年業餘樂手也深具熱誠，四時獻演，甚至遠赴對岸原鄉交流。但能做到保存傳統已不容易，遑論創新了。幸而今年金曲獎得主林少英老師與其爵士樂團隊發現鼓板樂的古樸之美，並以之為元素，化腐朽為神奇，在東方與西方的傳統中希望找出創新的元素，並發想為綿綿不斷的樂思。對於作曲家創作的神奇，我感佩不已，這使我跳脫對島嶼過去軍事化歷史糾葛的愛恨情仇，回到父祖輩素樸思維去感知島嶼人們心靈的脈動。我深深期盼這首組曲《遇見馬祖》能傳之久遠，並能受到如安安一般年齡的青少年孩子們喜愛。希望他們在聆聽初音未來的同時，也能欣賞在自己生活的土地上所創作出來的音樂之美。

在夜深時刻回家的途中，我彷佛仍可聽見山區軍營裡傳出的軍歌聲：「夜色茫茫星月無光，只有砲聲四野迴盪，只有火花到處飛揚……。」聽著這慷慨激昂的曲調，我的心底卻浮起一陣無名的悲涼。車行彎曲的山路，橘紅的車燈探尋著前方四月的濃霧，群島星羅棋布地散落在一望無際的海面上，如同千百年前聖母慟子時眼角隱隱的淚光。

貧窮

在學期末結業典禮上可以收到獎品是令人興奮的事，如果獎品是雄獅三十六色粉蠟筆，那更是令人如獲至寶，心中悸動。若在學校得了獎，沒讀過管理學的父親也會給我們實質獎勵，小小紅包袋裡裝的是父母親的愛與期許。那時，我們用吃剩的月餅標籤紙、海邊撿拾的貝殼與汽水瓶彈珠來遊戲，所有玩具幾乎都是免費且自製，充滿兒童的奇想與創意。

東方世界的父母親率皆如此，即使他們學識不豐，也要節衣縮食讓子女接受良好的教育。而家中子女眾多者，排行大哥與大姊者往往是犧牲的對象。他們必須在學業初期就輟學外出工作，或代理父母親照顧家中年幼弟妹，父母親擁有的資源與其配置遂影響了孩子的一生。島嶼的孩子只能逼迫自己成長，在十六、七歲青澀年歲便遠渡海峽到遙遠的大島獨立生活。

每學期開學時向父母親要學費是孩子最難過的事，為了脫離此一再發生的困境，幸運者便就讀公費大專院校，或是投身軍旅，不然就在建教合作的職業學校半工半讀完成學業，再進入一九六、七〇年代風起雲湧的加工出口體系勞力市場就業。十七、八歲的孩子，便要靠雙手掙得自己的衣食，更希望能有所餘可以寄錢回家。家裡讀小學的孩子擔心外出的兄姊在異地挨餓，就曾做出將存在撲滿裡的零用錢裝在信封裡寄出，而後被軍郵局查出退回的糗事。

有一年寒暑假，兄姊穿著喇叭長褲，帶回兩張Carpenters木匠兄妹音樂唱片回家。驚喜之餘，我們就發揮兒童記憶力絕佳的本事，將歌詞囫圇吞棗地整首背誦，牙牙學語地唱個爛熟。兄姊見我們喜歡，之後每逢返鄉，必然帶回幾張流行樂唱片，放在平日父親聽福州戲的老唱機上播放。

由於家臨公車停靠站，每逢農曆節日，便見到三、五位陌生姊姊出現，衣著輕便，薄施脂粉，黑髮挑染著些許褐色髮絲，頗為前衛醒目。她們買了些水果飲料，便緩步走到秋桂樓港口天后宮上香祈福，以求身心安頓。陽光灑在她們身上，在地面投下搖曳的黑影。及長，我方才知道，她們來自過山的軍樂園。在肅殺的年代，除了軍人之外，她們是少數可以來戰地的臺灣本島居民。

學校裡的老師有些也來自軍中，物理老師兼教美術，國文老師也教我們音樂，即使師資缺乏，但也不減孩子們喜歡塗鴉與唱遊的天性。無論是書法、美術或是工藝課，課堂上總洋溢著歡樂氣息，主題限定的壁報比賽也是發揮想像力的場域。孩子們珍藏數學老師饋贈的散文集，日後也一再翻閱，在心裡埋下美與藝術的種子。

法國詩人波特萊爾（C. P. Baudelaire）在散文詩集《巴黎的憂鬱》（*Le Spleen de Paris*）中曾敘述，一個出生貧寒的孩子愛上藝術，是世上最悲哀的事。這句話讓我的心悸動良久，也聯想到藝術史上許多優秀藝術家的生平故事，確是貧困流離者居多。但自許為精神貴族的創作者，也自當要在理想與現實世界間取得某種自行度量的均衡，以便在人生的馬戲團裡完成一次次高空鋼絲穩步前行的演出。

基地

每個人的童年都有自己的祕密基地，那是心靈的樂園，吐露寂寞心事的孤獨王國。然而雖同樣稱之為基地，現實世界的基地更顯神祕，卻非如此富於童趣，而是肅殺驚悚居多。總部設於中東阿富汗的蓋達組織，阿拉伯語原意是基地，其運作對象是入侵伊斯蘭世界的西方國家，希冀建立一個純正的伊斯蘭國，其行動尤其針對也位於中東、同為神之子民的以色列。前仆後繼的恐怖分子流竄在世界各地，總在人們不經意之時，在夢域邊境點燃憤怒之火，欲燒盡罪惡之城所多瑪。

人心幽微，在各類互為指涉的論述雜音中，人們已經無法確知誰才是真正的恐怖分子。往往昔日的受害者，已成為手握精良殺人武器的加害者，在血仇交替傾軋下，恩怨情仇早已成為永遠無法解開的死結。島嶼雖遠離氾濫媒體的紛擾，但在過往漫長的時光裡，我們日常所居之地又何嘗不是另一個兵燹四起的加薩走廊。

秋桂樓村尾青石大宅曾是我的祕密基地，作為上街與下街孩子們作戰時的指揮中心。由於並無花園，一樓亦無採光窗戶，尤覺陰森。之後在各種零星傳聞中才得知，此處曾是民兵總部，國軍退守島嶼後的軍政府所在地，也曾短暫作為軍報社編輯發刊社址，斑駁的石砌牆面上如今仍浮雕著字跡漫漶的馬祖日報四個大字。門前庭院有著一副石刻對聯，刻著「養天地正氣，法古今完人」顏體楷書字體，但究竟是何人所建則眾說紛紜。傳說在武裝民兵據守島嶼的年代，寬敞的一樓廳堂處決過人犯。我的祕密基地與秋桂樓軍港密不可分，每逢相隔七到十天的航報日，港口燈火通明，運補艦開著血盆大口，吞吐著充員大軍與軍需品。

龐大且震耳欲聾的軍卡車逶迤如黑色巨龍，在港口張牙舞爪。大人們忙著招呼軍人與旅客，晚餐忙完接著宵夜，宵夜結束再來早餐，船舶連作業徹夜不眠，要趕在下一次潮汐漲潮前結束所有輸運任務，運補艦才可以起錨離港。此時當然是孩子們的天堂，沒有大人監管催促，自由自在四處野放。當年我與小學五年級的同學在這棟祕密基地的大樓廳堂與樓梯間奔跑嬉戲，僅有漁具魚網四處散置，充塞著魚腥味的角落陰暗梯間只有我的無數部眾飄浮其間。在這座廳堂，我曾統治著我的黑暗王國，一個孤獨、沒有冠冕的國王。

歷史總是反覆著戰爭離亂的故事，人類從不曾在這些過往的史實裡掙脫。然而，若從時間的軸線向前眺望，黑夜的基地也可能屬於更久遠且虛構的歷史，如同美國小說家艾西莫夫（I. Asimov）脫胎自《羅馬帝國衰亡史》（*The History of the Decline and Fall of the Roman Empire*）的科幻小說《基地》（*Foundation*）三部曲的故事，是另一類童話的起源。拋開科幻外衣的迷霧，他所描述的無非是人類文明興衰的時間概念，如同中國古詩中所喟嘆的：「生年不滿百，常懷千歲憂，晝短苦夜長，何不秉燭遊？」只是艾氏將時間的概念以完美繁複的形象與長篇史詩吟詠。尤其在可預見的將來，人類壽命逐漸延長，當基地設在廣袤無垠的銀河兩端時，永無止盡的人生旅程成為漫漫長夜的獨身漂流，我們也將浪跡在失重的太空裡尋找可供相互殺伐的異族。環顧四野，那兒一切空無，冰冷的宇宙船艙窗外，只有浩淼且漫無邊際的黯黑荒原。

子夜

天主教堂外牆斑駁，周遭小花園也因為無人照顧而荒蕪。園裡聖母像覆上一層塵土，是時間的顏色。記憶裡浮現那包覆在黑色頭巾裡的灰白頭髮，修女佝僂的身影是神的福音，在村落窄巷裡行走的蹣跚腳步是讚美詩的韻律。

往昔耶誕節前夕鄰近秋桂樓村郊的教堂總會傳來舉行耶誕彌撒的消息，說是晚間歡迎村裡的小朋友到教堂與神父修女一起歡度佳節。修女給的無非糖果餅乾，包裝紙上印著聖經經文與美麗的圖案。從村裡的木造瓦房來到潔白肅穆的教堂，對喜歡探險的孩童而言毋寧令人欣喜。修女有護理專業背景，並在教堂開設診所。不方便到村衛生所就醫的鄰居婦女會前往看診，懷孕的媽媽也會請修女翻山越嶺到宅接生。至於頑皮摔傷的村童就近在衛生所擦藥包紮。

每週四晚間防衛司令部指定為莒光夜，軍人須留守營區。村裡少數基督徒家庭趁此不成文的公休日，央請清水衛理公會的牧師來村裡聚會禱告。身為基督徒，母親不僅平時對子女耳提面命勿到廟宇遊玩，每逢週日，也要求我們陪她走一段山路，從秋桂樓到清水。那時島嶼海線公路尚未開闢，我們沿著山崖古道行走，沿著后澳沙灘、珠螺村、以至清水教堂。我總喜歡在路旁撿一根相思樹枯枝，邊走邊玩。禮拜儀式結束，回程則由清水安老院旁小路上山至福澳嶺公車站，再搭乘公車回家。由於週日不用上學，時間便分外悠緩。尤其當夏令時分，窗外蟬鳴陣陣，在禮拜堂裡我總是聽著牧師溫柔的傳道聲與信眾優美的詩歌聲沉沉睡去。

村前百公尺處為天后宮，主祀媽祖，是秋桂樓大多村民的信仰中心，廟裡梁柱屋瓦與內牆因經年煙燻而成暗褐色，更增添幾分神氣。因此，方圓不及一公里，人口不滿千人的小村，竟然有三種不同宗教信仰的聚會所，令人訝異。

其它時日，常見修女高大的身影從天主教堂走來，臉上總帶著笑容，一路與人們相互問安。在公車站候車的軍人也入境隨俗，跟著人們喊姆姆好。有時他們會用英語問安，修女就回以比利時腔英語，且不忘提醒不要吸菸。計程車駕駛見到修女便邀請她搭乘免費便車。這些午後時光，修女便風塵僕僕穿梭在各村落的大街小巷，探訪獨居老人與安老院院民。傍晚時分，蜻蜓便齊聚秋桂樓村前廣場飛舞，歡迎修女辛勞後歸來。

父親常在午後於躺椅上小歇，南風徐徐，門前遮陽篷擋住了熾烈陽光。夏日西南風風勢不一，風大時，甚至要關上部分門窗，僅留小門出入。每週四莒光日下午，便有三、五位陌生的婦女來家裡買些水果，再去村前天后宮裡上香祈福，向廟祝抽籤卜吉祥，她們將長髮挑染成褐色，甚為醒目。每逢傳統四季節氣與祭典，天后宮裡便燈火通明，通宵達旦，村裡社友輪流做桌頭籌備祭品。雖然廟宇節慶熱鬧異常，卻仍是我們家孩子的禁地，而這些細節是之後我經由閱讀民俗祭儀與友人解說得知。

母親故去後數年，修女因年事已高，教會強迫她退休返回比利時養老。到廟裡上香的時髦婦女早已不知去向。天后宮也已經拆除改建，由閩東式封火山牆改為閩南宮殿式鳳尾屋頂建築。人間流離，而教堂與廟宇裡的讚美詩與裊裊煙柱則依舊由信眾傳承，如島嶼的青山與海洋，在時光中亙古不變。

封神

《封神演義仙界傳》是西村純二導演的電視動畫，改編自藤崎龍的漫畫《封神演義》。而其原作則是根據安能務翻譯的講談社文庫版《封神演義》改編而成。漫畫版於一九九六年開始在集英社旗下的漫畫雜誌《週刊少年Jump》上連載，二〇〇〇年完成整部作品。當我初看這部動畫片首時不禁為其中開場主角申公豹的造型啞然失笑，因為那與我從小在原著小說描述得知的形象完全相異。以日本漫畫家而言，他們並無忠於原作的壓力，因此可以充分發揮其天馬行空的想像力，讓故事與人物造型更接近兒童與青少年幻想。

從識字伊始，我那小得可憐的書架上只有西遊、水滸與封神，其它的書都只是它們的陪襯。雖然學校圖書館裡有其它中西方童話故事與圖畫書，但其吸引力則完全無法與它們相提並論。尤有甚者，學校的圖書館也不如街尾的出租漫畫書店讓我流連忘返。我已經忘記書架上這些書的來歷，或許是郵購而得，那是那個年代買書最常用的方式。每一個人都有一段耽於幻想的少年時光，這三本小說構築而成的傳統奇幻故事，滿足了我青少年時期在現實世界之外渴望擁有的想像空間。在封閉可怖的現實世界裡，毋寧希望書裡的神魔故事是可徵的事實，我將成為故事中角色之一，隨情節鋪陳而經歷瑰麗奇詭的魔法世界。這世界在我們少年時期率皆相信其存在，但隨著年歲漸長，想像力的羽翼漸失，終究深陷在現實枯槁的世界裡無法返回。

而島嶼數不清的廟宇裡供奉的神祇提供了神魔世界具體形象，甚至有些村落荒廢到神比人多的境地，成為孕育幻想故事的厚實土壤。不只是封神，西遊故事亦復如是。當我初看到日本漫畫家鳥山明的《七龍珠》時是無法接受的。這些青少年次文化對經典的模擬與演繹雖已經偏離應遵循的常軌，但其故事情節脈絡卻可自圓其說，發展出作者自己奇特的觀點。

對青少年而言，封神世界裡令人心有戚戚的是哪吒，陳塘關守將李靖的第三個兒子。他原是佛教神祇，之後成為民間信仰的道教神。哪吒在封神故事中割肉還父、剔骨還母，以蓮花化成肉身並向父母宣道的傳奇令人動容。這使他成為青少年叛逆的典型而廣泛延伸變異，此思想也貫穿了封神全書使其具有鮮明反抗精神，進而敷衍成為蔡明亮導演一九九二年執導的第一部電影長片《青少年哪吒》，深刻描述了青少年孤獨而不被瞭解的心情。與蔡明亮相似，十七歲時我遊走都市街頭的天橋上，內心對於城市的疏離感卻一直無法消除。在掙扎著要離家獨自生活的年齡，我也曾想要割斷與父母親相連的臍帶，希冀過著獨立自主的日子。但終究非但無法割捨雙親，人世的枷鎖卻將我們綁縛得更加緊密，彼此成為不斷互相對話卻又各自發展自己動機樂句的爵士樂器。與雙親血肉相連是我們人世生活的基調，封神裡的神魔卻是隱藏我們心底的守護天使，即使我們割肉剔骨遍體鱗傷，也無法求得片片蓮花將我們的肉身重組。

卷四

水漾

清晨推開面海小窗，靛藍的天色一塵不染，天使正張開白色雲朵般的翅膀飛翔，島居的心靈澄明透亮。

陪你，在水之湄

東莒島的社區營造在本地青年的號召下，背包客絡繹於途。在大埔這三、五棟石牆瓦房的古老民居裡，這群青年早出晚歸，在社區裡梭巡。他們的聯絡媒介是手機裡的社群網路，而大都使用臉書（Face Book），也就是創辦人祖克柏（M. E. Zuckerberg）二○○四年在美國華爾街上市的新興企業。距離的藩籬已藉由無遠弗屆的電腦網路弭平，在這東亞大陸邊陲的小島上，人們可以與地球任一處的居民即時對話。中心與邊陲的概念，在此已經被資訊社會的議題所取代。

年輕人不矯情，不會大聲嚷嚷說他們來到了世界的盡頭，然後蜻蜓點水後便悄然離去。這類團體打破族群、地域與自然環境限制，顛覆了傳統協會形式的社團組織架構，成為一種扁平、非科層制的群體。團體的成員基本上是一律平等、即興、來去自如的，一種以工換宿的游牧生活方式。

二十年前，結束了四十多年的軍事統治桎梏之後，群島居民急切想要縫補長久與現代文明社會間的裂痕。集會、遊行、抗爭不斷出現在行政中樞的臺北街頭，成為臺灣解嚴後風起雲湧社會運動史的一頁風景。民生基礎設施不足使居民企求一座便捷的機場，以取代使人聞之色變的冬季海上交通。與此同時，現代文明也開始入侵這些自二戰的歷史舊夢中甦醒的島嶼。然而北竿島上的兩次空難，卻成了此過程中落在島民身上具體的悲劇烙印。

在開往東西莒島的客輪上，船後拖曳著一列白色浪花的長尾，在深綠海水中載沈載浮，如追逐嬉戲的鯨豚。靛藍的天色一塵不染，令人彷佛聽見韓德爾（G. F. Hāndel）神劇《彌賽亞》（*Mašĭah*）中高亢的歌聲，天使正張開白色雲朵般的翅膀飛翔。即使這座小島的碼頭狹小而簡陋，仍令人聯想起愛琴海的島群。從小白船船艙中往外望，只見兩側海平面高過於船身，令人望而生畏。彷彿身在海底深處，朝向生命的起源航行。海底深處究竟是何光景？西太平洋黯黑深沉的馬里亞納海溝低至海平面下一萬零九百一十一公尺，爪哇海溝地殼的裂痕更綿延六千六百公里，印刻著古老地球於少年時期的記憶與奧祕。人類在陸地上對於未來苦於追索而不可得，或許應該謙卑地向深海的鰈魚群學習。

東西莒兩島舊名「白犬」，由於島嶼的天然地理限制，若非當地人，在地久居者也不多。一如群島的其他島嶼，冬季季風強勁，加以童山濯濯無遮蔽之處所，冷冽的季風凍如刀鋒。令人好奇這蕞爾小島究竟有何魅力，吸引四方人物競相來此？一九四〇年代末期，小島在近代歷史的舞臺上登場。隨著大時代的浪潮自亞洲內陸湧來大批軍人，他們在此與世居島上的農漁民相遇，寫下無數血淚交織的篇章。

從青帆村的小街上跨過幾轉巷弄，紅瓦白牆的衛生所坐落在靜謐山凹，大片落地窗的觀景格局似乎更適合用來經營咖啡店。我見到診間有一位老伯正因雙腿膝關節退化性關節炎在給醫生診療，由於經年行走於起伏的丘陵地，這是小島居民常見的病症。

數年前曾經有位少年白髮的醫生在此駐診，整日在診間抱著古典吉他彈奏憂傷的西班牙小夜曲。由於病人都是熟稔的街坊鄰居，有時來看診的伊伯會對醫生說，他伊公在世時跟他倆相熟，那時醫生還穿著開襠褲光著屁股不時在他家門前跑進跑出，有一回還偷他曬在村公所廣場上的蝦鮮吃等等。醫生只是咧著嘴笑笑，放下吉他拿起反射鎚幫伊伯看病。我想，遇到這樣的開場白無論是誰都難以應答吧。有時患有輕度憂鬱症來看病的西坵村伊婆會對醫生說教，要他莫太累！有時伊婆看醫生的模樣似乎有些恍神，就問他晚上有睡好嗎，要多休息，心情要好一點。說著就從身旁帶著的紅藍相間油布袋子裡拿出了幾粒小玉，變魔術似的。一邊說這是她今夏種的，要醫生拿去吃，今年雨水剛剛好，很甜的。

我想，若是初來乍到，在這小小島嶼的診療室聽到這樣的對話，真會令人錯愕於角色的混亂吧。

除了農漁民，島上就只有餐飲與雜貨買賣生意的店家，其餘便是鄉公所、衛生所、警察分駐所、中小學校、莒光指揮部等公務機關與軍營。面海的房子，率皆紅瓦白牆，可見鄉民的用心，無非要讓遊客一償亞洲地中海旅遊的宿願。我們用餐的小店店名「觀海樓」，雖無范仲淹所遊岳陽樓的宏偉，卻也小巧潔淨。店主人是穿著碎花棉襖的樸素伊嫂，雖已近旅遊季節尾聲，仍是笑容可掬待客。店名也名副其實，因為在這綿延起伏丘陵地形的島上，每一棟建築都可說是觀海樓呀。

清晨推開面海小窗，海天相連的景色變幻莫測，島居人們需要一顆平靜的心。漫步小島堤岸，使我想起曾在南臺灣閉關六年的聖嚴法師。簡樸的島居生活正可讓人反思，當生活物欲與身外世界的干擾減到最少最低時，人們的心智是否更加澄明？

抽屜

臥室裡的梳妝臺有二十七年了，那是母親買來給我的，形式古樸典雅，木質表面則雕花富麗。左右兩邊與臺下方有數個大小不一的抽屜，裡面裝滿了往日記憶的屑末。

那十多年間我一共搬了四次家。雖然居處更迭頻繁，所幸工作尚稱穩定，心情尚不至於浮躁難安。當然，最難捨的是搬離秋桂樓兒時住處，那兒的一磚一瓦滿是童年痕跡。之後再搬家，留戀之情就淡了。只是累積了數次搬家經驗，家中堆積了些紙箱，數年未曾開封，裡面裝了哪些衣物、書籍或經典影片錄影帶，竟然隨著時間過去而被我遺忘。這梳妝臺的抽屜亦然，若因翻找某些物品而打開它們時，往往有著意外的驚喜。抽屜裡飄起昨日陽光的碎片，如從精靈指尖灑落的星塵。

左邊的小抽屜裡裝著家人的生辰紀錄，紅紙黑墨，上書丙寅年月日子時等，成為母難之日的紀念。母親信仰基督教之後，除了春節、端午與中秋一年三節之外，其他歲時祭儀已經不在家裡出現。至於傳統宗教禮俗，我也是與一些喜愛文史工作的友人交遊之後方才略曉一二。如今在舊曆新年過後的一整個月期間，馬祖的元宵慶典遠近馳名，媽祖與眾神繞境時眾多善男信女沿路焚香祝禱，鑼鼓喧天，扶乩祈夢等昔日傳統習俗儀式再度受人們重視，吸引了兩岸許多信眾來訪。

妝臺下層的抽屜裡放著一件淡棕色毛背心，輕輕柔柔，用的是極好的毛線，那是母親親手鉤織的。我不知母親這些手藝何處學來，但記憶中，只要有閒暇，母親就會拿來一卷毛線鉤織起來。有時我們會幫忙捲毛線，同時也用毛線卷逗弄家裡的小貓咪。這是牠最喜歡的遊戲之一，總是繞著毛線卷跳躍一如模樣逗趣的頑皮小孩。之後我看了美國導演提姆·波頓充滿童趣的電影作品《剪刀手愛德華》，一如許多童話故事的開場白總是很久很久以前，便回想著母親坐在家裡的躺椅上鉤織毛衣、圍巾與手套的景象。

那時馬祖防衛司令部規定的莒光日是星期四，全島軍人一律在部隊留守，也自然成為民間不成文的公休日。因此週四晚間，身為虔誠基督徒的母親便請牧師將我們秋桂樓家權充社區聚會所，邀請村裡的教會兄弟姊妹來參加禮拜。

大學一年級暑假時我回到島上，有一回晚間家裡舉行禮拜，牧師問起我是否參加學校團契。我自恃理性地回答他說依據達爾文的物種源始理論，神創造世界是毫無根據的，所有生物都是由細胞演化而來。牧師看著我溫柔地問說，細胞、水、甚至空氣又是從何而來呢？當我一再辯解宇宙的起源與神的存在無關時，母親在一旁憂心地望著我，她並不瞭解我與牧師辯說的內容，但是從我咄咄逼人的語氣，她擔心她的孩子已經成為迷途羔羊，不再是那個小學時每星期天跟隨著她徒步由秋桂樓走一個小時山路到清水教堂作禮拜的小小基督徒了。直到如今，每當我翻讀書桌上的聖經時，便會憶起母親憂心的眼神，心中便糾結難安。

妝臺右邊的置物小抽屜則放著一張昔日同事送我遷居時的賀禮，寫著喬遷之喜以及連江縣衛生院同仁一一列名祝賀等詞句。那一年我們從秋桂樓搬去牛角村時，同事的小孩也依習俗在我們租賃的兩層樓石頭瓦房家裡臥室的床上翻滾一番，討個喜兆。衛生院這個機關名稱沿用自大陸時期，直到如今，大陸的鄉鎮衛生保健基層單位仍沿用此稱呼。那時，我們這些公費醫學生比照國防醫學院學生要返鄉服務十五年。因此，有一年同時有四位醫學院畢業學生返鄉服務時，馬祖日報的標題是：「四醫學生初返鄉，雙生雙旦一甲子。」意指這四個人共需在這塊土地上至少服務六十年，令人莞爾。但始料未及的是，當初報社記者的戲謔之詞卻預言成真，如今這四位醫學生每人都已經為小島上的鄉親看病滿三十年，四人加總已經是兩甲子，共一百二十年了。物換星移，當年寫這篇專訪報導的青年記者如今也已經是兩鬢飛霜的報社社長了。

妝臺的抽屜一如記憶的儲存格，我越來越耽溺於將它打開的那一瞬間，往事如精靈指尖灑下的星塵，一一在面前幻化成形。

早安

小時候聽家人聊起祖父，媽媽總說他這個人只要有木匠的活兒可做，就半天說不上一句話。而我心裡總在想，哪有人可以半天不說一句話呢？直到後來看了日本導演小津安二郎的電影作品《早安》，這才知道，人們的確可以整天不說一句話。而小津導演說他自己拍電影猶如在做切豆腐一般的勞動工作。

《早安》裡那個執拗的小男孩堅持不說話，他覺得人們日常談話，十之八九都是無意義的廢話。就如說「你好」、「早安」、「吃飽沒」等等都是囈語般的聲音，因此他堅持沉默。語言本身可以無意義，這些語詞在人際間的作用其實意在言外。對每天相處在同一屋簷下的親密家人而言，由於不需要以太多語言來溝通與取得聯繫，因此，抽離了這些囈語般的聲音，日常生活便產生了巨大的空白縫隙。

語言去除了矯飾的包裝，去除了它在每個獨立個人之間扮演的聯繫功能，便只留下赤裸的真實，使人只得面對個體間深不可測、難以填補的鴻溝，也面對赤裸的真實。王文興的小說《家變》便是將家庭中沉默而真實的空白放大檢視，強迫讀者正視它不容逃避。其中父子、母子之間的對話完全去除了日常語言的虛飾，只剩下最尖銳的現實，這些語言便如鋒利的刀刃，一句句刺在親密家人彼此的心上。

當家中子女處於青少年至青年期時，家庭成員間的關係每每是劍拔弩張的，語言之戰便在起床、三餐、洗衣與拖地等等日常瑣事中烽火四起。許多教導性的文章便由此切入，家庭或婚姻諮商師也以此為其介入人際關係的支點，為人們構建和樂美好家庭的烏托邦。他們如巫師般灌

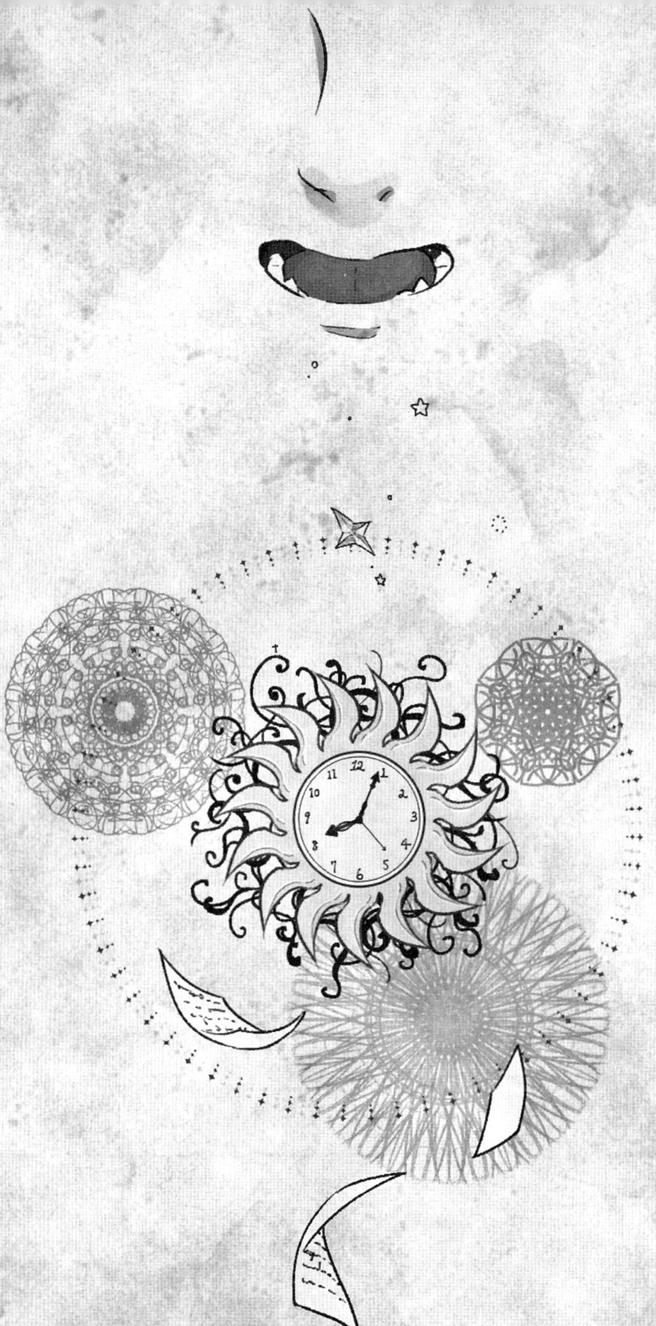

輸人們愛的神話，耳提面命人生苦短愛須即時，否則一旦遭遇不測將悔恨終生的真理。當人們將這些符籙教示運用於日常生活中時，卻發現即使親密如家人，想要說出一個愛字卻是如此難以啟齒，彷彿舌尖壓著千百年的人類歷史重擔無法發聲，最終還是選擇沉默以對。

心理學的基本理論告訴我們，人類生存除了追求肉體安全飽足之外，心理安定是不可或缺的元素。愛應該是人類的天性，是與生俱來的本能。其中包含覺得自己被需要與歸屬感，可以愛人與被愛。但曾幾何時，我們失去了愛人的能力，需要各類精神、心理、諮商師來教導開示如何去愛人與被愛，坊間各式專家、工作坊、基金會蓬勃發展，可見此風潮方興未艾。與此同時，拜資訊科技發展之賜，人類數千年來累積的知識正以微秒的運算速度不斷在電腦雲端與手機裡急速傳播著。在可預見的將來，人類的腦容量將持續擴張，四肢則日益萎縮，軀體逐漸臃腫，而心靈或許將進化為精心打造的微型晶片，安放在身體某根奈米寬的毛髮尖端。

於此，我已漸瞭解當年父祖輩為何總是予人沉默的緣由。他們寧願勞動終日，將所思所想實踐在工作上，而不再發出任何一句無意義的聲響。

那年夏天，德文課

如同一種生命中的祭儀，整個大學一年級暑假，我每天帶著赫曼．赫塞（Hermann Hesse）的作品《徬徨少年時》（*Demian*），越過了秋桂樓家門前廣場，抵達港灣前船舶連營舍門口，在屋蔭的平臺上席地而臥。夏日風和，也是那時，我感知這位德國作家字裡行間的謎語，我就是他所說的額頭上有印記的少年。

漫長的暑假結束後，搭乘了十多個小時搖搖晃晃的海軍補給艦，輾轉回到臺北的校園。巧合的是，學期開始填選課單時，發現竟然有難得的選修課，第二外國語，日文或德文二者擇一。雖然我為赫塞的文采傾倒，但真要學一種文字，還是得從德文字母開始牙牙學語。日文呢，其一是因為自己認為日本文化是漢文化的延伸與變異，只是多了繁文縟節的瑣碎。而課本上的歷史敘述與情感糾葛，中國大陸與臺灣近現代史的走向，令我直覺地將日文否決了。結果，我們接近一百五十人的大班級，卻只有五個人選修德文。即便如此，決定了將德文作為第二外國語的選修科目。在選課的過程心裡仍感雀躍，因為醫學院的課程絕大多數為必修，選修科目如鳳毛麟角，也就顯得分外珍貴。

只是這興奮之情在上了第一堂德文課之後就徹底被澆熄了，但卻也因緣際會影響了我日後思想與潛在的創作欲念。由於選課人數少，同學之間便更加熟稔。但沒想到的是，相較於由教會神父教導文法繁複的拉丁文課，德文老師的授課更令人沮喪。

上課的第一天，只見到一位老教授步履蹣跚地走進教室，用他低沉厚重的德語腔英語向我們敘述了課程的簡要說明。只見課堂上同學面面相覷，彼此以眼光探詢是否聽懂老教授的德式英文。

兩週課程過後，同學們仍然聽不懂老師說些什麼，在無課堂助教協助教學之下，忍無可忍，我們只好求助於放射物理學的教授，他同時也是學校的教務主任。我們提出了學生的受教權益，希望學校審慎考慮是否更換德文授課老師，但遭到拒絕。不僅如此，即使期中考放射物理學考了八十五分，學期末我卻收到五十九分的補考通知。我請見教務主任想查詢成績，卻得不到任何解釋與回應。相對的，雖然對教授不滿意，我們學期末時老教授給我們的德文成績卻都是差一點滿分的九十五分。

為了不辜負我們對德文所代表的歐洲文化的心儀，幾位同學找到了校外進修之處，那是設在臺北的德國文化中心，也就是非官方的德國大使館。之後，雖然心有愧疚地多繳了一筆額外的學費，我們幾位同學也就開始了較有系統的德文學習課程，從基礎字母、發音、拼音、名詞的屬性與造句學起，授課的是文化中心聘請的一位留德年輕女老師。

那年冬天，臺北舉辦了第一屆金馬國際影展，經由幾位學德文的同學引介，我們進入了一個光影構築的迷離世界，成了第一批影展的影迷。為了一睹心目中神祇一般的電影導演作品，即使凌晨三點起床輪流到現場排隊購票也樂此不疲。那是一段令人懷念的美好大學時光，之後，就開始被沉重的基礎醫學課程壓得喘不過氣來。

一年一度的電影節無法滿足我們對歐洲電影的渴求，影展結束後，每逢假日，青島東路洪建全視聽圖書館就成了我們的朝聖之地。館藏影片豐富多元，進一步開啟了我們的視野。在那肅殺的年代，經由圖書館的窗口，我們見到了窗外綠草如茵的繁花盛景，這也就是往後國家電影資料館的前身。我們人人手持一冊李幼新主編的《坎城、威尼斯影展》的歷屆得獎作品集作為心靈指南，佐以電影圖書館出版的專書，按圖索驥，有系統地閱讀了近百年的電影史，以及無以數計，令人目不暇給的經典電影作品。當觀賞穆瑙（F. W. Murnau）以降的德國表現主義、法國新浪潮以及戰後義大利新寫實主義的電影時，不禁對於自己聽得懂一些電影裡的德語對白而暗自竊喜。日後當我讀到美國作家馬克・吐溫（Mark Twain）對德語學習難度的諷刺性評論小品時，也就理解其中緣由而會心一笑。

德國電影導演中，最令我心儀者是華納・荷索（Werner Herzog）與文・溫德斯。荷索在他一九七四年寫下的日記《冰雪紀行》（*Vom Gehen im Eis*）中記載了他在寒冷的冬季，只身著一件夾克，攜帶一個指南針、一個帆布袋和少許必需品，取道最接近直線的路徑，從家鄉慕尼黑徒步前往巴黎的過程，只為了替一位他所尊敬但病重的法國影評人蘿特・艾斯娜（Lotte Eisner）祈福。在冰雪覆蓋的大地上踽踽獨行了三個星期，這段故事完全符合他電影作品的偏執與幾近瘋狂的特質。

文・溫德斯卻完全與荷索相反地擁有文人氣質。他在一九八五年到東京拍了一部紀錄片《尋找小津》，以印證心儀已久的日本導演小津安二郎電影與現實世界的差距。它為小津的電影定調：「電影從未如此接近它的真正目的：為二十世紀的人類塑像，一個真誠、可信而有用的影像。如此我們不僅可以認識自己，也可以從中學習新意。」而他在自己的電影作品中卻不諱言，包括自己在內在二戰後成長的這一代德國人，受到美國文化的深刻影響，尤其是搖滾樂與美國西部電影。

臺灣又何嘗不是如此，楊德昌導演在一九九一年《牯嶺街少年殺人事件》裡以一個日本化的電影片名包裝了一則深受美國次文化影響的臺灣生活氛圍。這也就是之後我與幾位居住小島上的年輕朋友舉辦了一場「臺灣新電影」的小型影展的緣由，在當時的文化中心引介了侯孝賢、楊德昌、萬仁、陳坤厚等導演的電影作品，希望為仍處於戒嚴時期的封閉島嶼引進一些值得思辨的文化氛圍。細數往事，驚覺生命的歷程便是由一些看似不經意卻又必然會發生的點點滴滴所串聯。對生活周遭好友的相互砥礪，心中仍滿懷感激。即使大學畢業後，我回到仍處於軍事管制時期的島群，同學們也漸疏於往來；但學生時期建立的友誼，仍是鏤刻在心中甜美的回憶。義大利導演費里尼（F. Fellini）在他的自傳扉頁上寫著：「生命就是永無止盡的生活激情。」每當我在遭遇困厄以致心情沮喪情緒低落時，常以這句話惕勵自己。他不但使我的心倍覺溫暖，也讓我在顛簸險惡現實世界的迷離中，去發掘深藏其中的「生活的甜蜜」。

迷蹤蛛巢小徑

秋桂樓村落已經淹沒在漫山芒草中，如同已遭遺忘的童年時光。

記憶中的秋桂樓街道總是潮濕的，如五月的梅雨季。如果將視角拉高俯視，你便可見到黑牆紅瓦色彩的對比，濕漉漉的街道下安靜地生活的人們。有正在殺魚的魚販蓮嫂，單腳拄著拐杖無所事事整日在街道轉悠的泰伯，以及搖著短尾巴漫步巷弄的笨馬伊公家小灰狗。視角再往後拉，便可見到希臘導演安哲羅普洛斯（T. Angelopoulos）《希臘三部曲之首：悲傷草原》（*Trilogy: The Weeping Meadow*）開場一般的畫面，岸上並排停泊著一艘艘軍用的鐵灰色小快艇，暗紅色的旗幟在船桅上颯颯作響，港口旁一列黝黑的木瓦房零零落落地散布，哀傷的安魂曲悠揚水面。

當父親從天花板上拿下煤氣燈，加上柴油點燃，變戲法似地打著氣，屋子裡瞬間亮如白晝時，就表示夜晚降臨了。依山而建的木屋瓦房，大多為兩層樓建築，據說是因為當年兩岸單雙日互相炮擊而限建，卻也因緣際會保留了原先的面貌，在近年高舉的聚落保存大纛下，已引起許多建築學者的興趣。他們將村落的形貌放在秋桂樓綿延起伏的山勢中，並素描以為記。地圖上標記著礁岸高地、梯街隘口、砂質沙灘以及在有機的線性路徑中半公共的空間節點。原來的船屋、漁具儲藏房以及漁獲暫存區也一一標示清楚，如同一張村落的放射線透視診斷紀錄。居民信仰中心的天后宮則位居村落中央稍靠西側，豐富的空間變化，使人行走其間，處處皆見驚喜。散居的石牆瓦房蜿蜒在山腳下，彷彿母親懷裡的孩子。而這原居民大多已經遷居他鄉、十室九空的鄉居野地，被規劃為未來最佳的遊客度假村。昔日因大陸兵燹四起，島嶼陷入無政府狀態，那時集結的平民武力部隊指揮部即建於此，如今也因無人居住平添荒寂。他們曾在公海上大肆擄掠過往商旅，而後將戰利品運回島嶼儲藏備用。平日則安居屯墾農漁，與島民共同生息。

之後島嶼進入軍事管制的戒嚴時期，那是一段漫長無法縫補的記憶缺口，充斥著民防訓練、戰備演習、晨間實彈射擊，以及單日宣傳彈炮擊時全村村民全部擠在窄小的防空洞裡的聲音與畫面。

當打開記憶的暗房欲窺往日被守護神祇截除的生命片段時，乍然發現中學時坐在鄰座的同學已經病逝，在我們半百之年。他一年級新生時，升旗典禮和我一起站排尾，之後逐漸往前走，到三年級時成為班上個兒最高的排頭，如同幻術一般，令人匪夷所思。而那時我正如同所有個兒小的青少年整日量著自己遲滯不長的身高，希冀在三年級時可以打籃球校隊中鋒。在遠渡海峽之後的二十年間，來自秋桂樓的男孩努力工作並在臺北建立起自己的家庭。即使在病中，只要有電腦網路在一旁，他便受工作的欲望所驅使，無休止地在僅餘的寶貴時光裡忙碌著。對自己半生打拚辛苦擁有的家引以為傲，對於人生短促則頗有嘆怨，細數心中仍有許多計劃中或構思中的事務尚未完成。人生中途原不願意回顧，但周遭人事物的變遷不斷提醒你時間有其脈絡與印記，並非終日埋首工作，鴕鳥般視而不見便可以安然度過。

當有人仍在為生存而奮戰不懈時，卻有人已自人生的戰場退卻。街尾小我三歲的豆腐店小老闆前些年自殺了，在這之前他酒後曾在我家封死的水井旁告訴過我他的虛無念頭。他說生命是肩上沉重的重擔使他難以負荷，只能每日虛擲而心有愧疚。起初我不以為意，虛與委蛇，甚而義正詞嚴鼓勵他要奮發向上。他有意無意再三於言詞透露人生是一幅鼠灰色的風景版畫難以修改，然後就做出了我們因怯懦而不敢做的事，令整個村子的人們面面相覷、喑啞無聲。之後，他暗自啜泣的獨居母親一夜之間白了頭髮，從此幽居家中不出家門一步，至今無法走出喪子之慟。

一些更年輕的孩子則被父母親押回村落，並在新興的物流或販賣異國風情的飲食行業中工作，免於在都市的陰暗角落整日書空咄咄，無業度日。孩子們的心是野的，如同春天的小北極熊想要一探世界的寬廣與繽紛。然而父母親的目光及於現實，擔心這些在生活無憂的環境下成長且一個個都拿著大學文憑的孩子毫無憂患意識，即使外出工作只求可以每日溫飽不作它想，而後終將一文不名拖累年邁雙親。因此，雖然孩子們回到島嶼終日怨懟，但對於從小將他們把屎把尿拉拔大的父母親而言，一切還在掌握之中尚未失控。然而還是有些野性難馴的，便不顧一切展翅高飛，往天之涯海之角，在南蠻鴃舌國度的農場牧野勞動度日，雖辛苦但也自負於自己的選擇。

島嶼在這世界上扮演的角色也在變化中。往昔孩子們因成長空間的極度壓縮，每日面對大海，所見只是朝日與夕陽。天朗氣清時節可見對岸大陸連綿山巒無邊無際，便是想像所及的整個世界了。那是集體亢奮的年代，夜晚在村落廣場放映的免費勞軍電影充斥著「我死則國生」聲嘶力竭的吶喊。但在那之前呢？一九四九之前的世界對孩子們而言是無法想像的。只在父執輩的口中敘述著那些馳騁大海東至臺灣北至江浙南達兩廣的攫掠傳奇。經過近五十年的冰凍歷史，在一九九二之後，另一個故事的開端已經開啟。島嶼的孩子走向日本、澳洲、法德、西班牙，再遠處是斯德哥爾摩與多倫多，接下來可以想見的是，這些遠方各種膚色與瞳孔色澤的孩子們也會千里迢迢踏上島嶼的土地。

大學最後一年的實習課期間，醫院夜晚值班睡在我下舖的學弟，如今已經是臺灣大學的知名教授。前些日子，他與幾位英國與日本的學者來島嶼舉行一場醫療研討會。會後在村落裡的小店用些在地海鮮餐點，當日夜晚餐後漫步蜿蜒街道，他們都為這古樸的居住趣味所感動。民宿沿著山勢散布，如一棟棟獨立的城堡，內部陳設簡單潔淨。初冬夜間微寒，遊客亦稀，整座山城冬夜靜寂，僅有巷弄路燈溫暖地喧鬧在每一個轉角。沿石階而上，老屋座落兩旁，門前簷下仍有前些時日拍攝時代劇電影留下未拆除的布景，予人時光錯亂之感。嶄新鋪設的整齊石階抹除了原本野草蔓生的石縫，也抹除了石縫中的時間塵埃，飄浮著清新氣味的空氣卻令人惆悵。

畢業紀念冊

島嶼解除戒嚴之前，照片稀有且珍貴，那是因相機不得私自擁有，每一臺相機及其持有人都需向地區防衛司令部登記並申請執照。島上只有兩種人可以持有相機使用執照，其一是新聞媒體記者，他們屬於軍聞社與地方報紙。其二是照相館攝影師。翻看舊相簿，每一張照片主角看來都盛裝打扮，一副要出遠門旅行的模樣。他們或坐或站，都有固定姿勢，背景大多為彩繪的島嶼地標。當時流行室內沙龍照是因為在島上禁止戶外拍攝，尤其是二十四小時哨兵站哨的海岸線，絕不允許居民接近，更遑論軍營與軍事設施。軍警如若見有戶外拍照者便如臨大敵，輕則勸離，重則沒收相機並抽出底片曝光。直到如今，島嶼的長者若聽到要為他們拍照，依舊會要求沐浴更衣並盛裝打扮。對他們而言，照相是重大而莊嚴的，每一張即將要拍攝的照片都與掛在家屋廳堂的先祖們照片意義等同。

由於照片稀有，大多為零星收藏，因此個人相簿並不風行，多為全家共有的家庭相冊。其中有著戶外背景的照片更屈指可數，地點大都在學校周邊或村里巷弄附近，拍攝的時間點多為婚喪喜慶儀式或是畢業季節之前，因學校要製作畢業紀念冊所需而拍攝，並由擁有相機的照相館攝影師掌鏡。畢業紀念冊有公共與私有兩種。前者由編輯小組收集照片與相關資料後，小組成員再加上文案後製。內容由校史介紹、歷任校長與老師職工等開始，然後是班上同學個人簡介。核心內容則是畢業前後請攝影師拍的生活、畢旅與團體照。至於私有別冊則是留言本，請師長、同學、學弟妹，或是幾年來暗自愛慕的對象留言紀念。有些留言極富童趣，令人莞爾。但也有些留言者已經故去，令人望之心驚。在這已少見用筆書寫的年代，這些留言筆跡皆恍如昨日，書寫者音容笑貌躍然紙上。數十年後再翻閱這些文件，總令人心緒紛亂不能自已。

學校裡年長的老師大都是退役軍人，操大陸各省口音。小學三年級以前的導師則從臺灣本島聘來，教我們最基礎且重要的注音符號發音。因為本地的老師由於日常慣於說福州母語，鄉音甚重，經常ㄤ、ㄢ不分，ㄙ、ㄕ難明。記得國中一年級的國文老師曾要我們寫一篇年節應景作文「過年」，我並未如其他同學般描述過年習俗與歡慶街景，卻僅述說吃年夜飯時姊姊鬧彆扭不與家人同桌吃團圓飯，結果被父母親責怪的真實故事。老師的評語是此文如一篇流暢散文，並要我讀給全班同學聽，令我頗為自得。數學老師則是我們的班導師，將我們從國一帶到國三畢業。他給我的月考績優獎品竟然是一本由李辰冬教授所著、三民書局出版的《文學欣賞的新途徑》，令我驚喜。高中一年級時，前一屆的國文老師來自軍中，鄉音極重，而且每天清晨在學校操場打一趟虎虎生風的太極拳，猶如李安電影《推手》裡的父親角色。而我們班的國文老師卻年輕且具師大國文系背景，令我們暗自慶幸。除了文言文，她教導我們寫現代詩，那是我們第一首新詩作品。

過往生命中的幾位老師都在我的閱讀與學習過程中扮演了啟蒙角色，讓我心裡種下對周遭事物保持好奇心的種子，並於往後歲月裡不經意的時刻抽枝發芽。

卷五

風土

馬祖為天使之島，四季雲霧流連不去，孩童懷著詩的胚胎出世，隨著成長開枝散葉，結出奇花異果。

惡島

飛機自松山機場起飛，離開喧囂擁擠的市區之後，向蔚藍如鏡的淡水河出海口飛去。我喜歡在天空飛翔的感覺，向下望積木般排列組合的房子櫛比鱗次地在人們劃定的方形區域裡擁擠相倚。郊區一畦畦水田沿山腳彎曲著優美的弧線，我彷彿聽見了水流泠泠的聲響。每一次來回臺灣本島心中總是五味雜陳，無數情感與現實羈絆糾葛胸臆。我向座艙窗口望去，臺灣海峽的湛藍海面依然美麗如昔，眩目的陽光點綴波浪上像無數舞動的精靈，海水溫柔如弦樂，用最接近人聲的方式唱出溫婉的絕美之聲，使我意迷神醉。調整一下被安全帶束縛的身子，我閉目沉思，心緒逐漸移往遠方的小島，那兒有人稱之為窮山惡水，卻是我父祖輩們安身立命的地方。

下了三十七人座的小飛機，撲面而來刺冷的寒風令我終於回過神來。匆匆在北竿航空站出口取了行李，穿過候機室的大廳時，見到四面牆上新掛了許多攝影作品，由於好奇心驅使我趨前一觀，見是一幅幅馬祖各島的四季景致。我想起了一篇關於澎湖的報導〈天人菊的故鄉〉，文中敘述在澎湖離島行醫的醫師因為當地商業行為不盛，下了班便騎腳踏車回家，過著悠閒的鄉居生活。我想馬祖何嘗不也是一座天使之島呢，四季雲霧流連不去，在這塊土地上生活著的人們，從小就在雲煙供養之下成長，於是每一個小孩無不晶瑩剔透，懷著詩的胚胎，隨著身體的成長開枝散葉，結出許多令人瞠目結舌的奇花異果。

計程車將我載往白沙港口候船，已有兩個義務役的預備軍官在候船室裡等著，其中一個在用公用電話，想必是在向家人女友報平安，完全是「此地一為別，孤蓬萬里征」的景象。潮水輕撫港口碼頭的青苔，歲月荏苒，我的雙鬢也已染上早霜，而只有義務役的軍士總也不老，數十年來總是一批批二十歲的青年在運補艦上來來去去，踏上寒冬中冷冽的馬祖列島揮霍他們孤寂的青春。

回到家裡休息片刻，餐桌上已擺了孟哥前些日子送來的一盆插好的鮮花，紅白玫瑰相間，佐以鵝黃花瓣的大葉菊，令人心喜。孟哥留話說新年到了，送花給我讓家裡沾些喜氣。我的心又再次扭結著，人在世間的旅程何其短暫，凡事樂少苦多，卻總有數不清的情感牽牽絆絆，惹人心緒不得安寧。其實我最羨慕的是他家後面那片果園和南竿島上唯一的一棟私人溫室，種了聖誕紅、百合、玫瑰、大葉菊和紅花石蒜等花卉。除了自產，節日時也從臺灣本島購進些應景花卉以供較大量的需求。

我住家的屋後是一畦旱田，隔壁鄰居劉老婆婆在這片地上種些番薯、蔥、大蒜，也架起支架爬了些絲瓜。三不五時，她便拿了些番薯和蔥給我，說可以用來在家裡煮稀飯吃，這些番薯是她自己種的沒有灑農藥，也是最新鮮的。看著她搖晃著難以行走的右腳，六十開外的年歲仍在田裡勞動著，總令人有一股難以釋懷的歉意。馬祖的婦女一直是勤勞簡樸的，生活的艱辛寫在她們臉上，卻並不影響她們好客樂觀的習性。常見到她們佝僂著背坐在家裡前廳的小板凳上整理各色青菜菜葉，再紮成一捆捆準備次日早上趕早市。就靠著一小片旱地，和零零碎碎打些零工的微薄薪資，他們也把一個個兒子女兒拉拔成警官和中小學教師。

也就因生活不易，父親說祖父就曾跨行農漁兼做土木師傅，這使我對當我三歲時就已過世的祖父萬分敬仰，但這也顯示了往日漁民受限於漁船未機械化及所採漁法古老，所獲並不豐，生活困窘。常聽長輩說往日馬祖居民主食為霉臭番薯簽配海蜇皮，小孩坐上飯桌見此二樣飯菜總啼哭不止，因為已經吃怕了。白米飯只有要出勞力幹活的成年男人才有權力吃，小孩及婦女只有在一旁乾瞪眼的份。但曾幾何時，鮮美甘甜的番薯和沾著蝦油的海蜇皮已成飯桌上的待客佳餚，珍貴異常，真是時移事轉，不能相提並論。

兩年前孟哥在我們同學聚會時便宣布要在自己的土地上創設果園，且已有了詳細的計畫與彩虹般美麗的遠景。他想種些葡萄、番石榴、柑桔、桶柑、棗、龍眼、西瓜等。同學們雖然告誡他離職自己創業必然會有相當的風險，力勸他三思而後行。然而，就如他在我們毫不知情的狀況之下成了虔誠信徒一般，在他嬉笑怒罵的表情之下，卻有一顆堅定頑固的心。他向工作多年的農業改良場主管遞了辭呈，想要全心全意投入以實現自己的夢想。

孟哥在馬祖造林史上占了重要的關鍵地位。由於馬祖列島丘陵起伏，土壤表層瘠薄，土質呈酸性，而坡地又易受冬季季節風之襲擊，影響作物及林木之生長。往日島上極為荒涼，雜草叢生，隨季枯榮，備受風沙乾旱之苦。據縣志記載，一九五六年的統計全島只有榕樹及雜樹二十餘株，舉目皆是童山濯濯，黃沙瀰漫。孟哥領導的農業改良場作物股正是綠化政策的執行單位，在他們的努力之下動員馬祖列島全體軍民，持續推動造林。我記得從讀小學開始，每一位學生就必須在植樹節那天種植一棵樹，而那些樹至今有許多已綠葉成蔭了。國軍退守列島以前，民眾常在山嶺劃地為私人柴山以伐木為薪，親友中有許多人小時候每日都要上山砍柴，再以麻繩紮成捆後用竹篙兩邊一插，挑在肩上飛奔回家。據說，如果是沒有砍柴經驗的人還不知如何捆柴成束呢！造林計畫實施後便嚴格禁止砍柴，以維護林木的成長。尤其近年大力推廣觀光，更戮力林相更新，除了原有的相思樹與木麻黃之外，另種植樹種有黃槿、蘇鐵、樟樹、石朴、蓖麻、檸檬桉、苦楝、烏桕、大葉合歡、琉球松等，已使全島成為一座綠樹婆娑，葉色繁茂的海上公園。

由於南竿島山線公路正在進行拓寬工程，我便開車沿海線公路經福澳港與清水村，再轉往山線公路的中興嶺，直抵他夢想中的果園。孟哥光著頭笑嘻嘻地帶我去他的田裡，只見他父親蹲著身子在田裡翻動樹苗。我知道他前些年生病之後身體狀況已大不如前了，而今那孱弱的身子依舊不服老，仍在粗礪的大地上辛勤勞動著。老人家見我來也微笑打了招呼，說身體動動也好。他正將釀酒剩下的酒糟鋪在田裡，以待來年肥沃的土壤能帶來好收成，使我深深為農民對土地的深厚情感而動容。現在的社會中土地只是資產的代名詞，早已脫離了孕育生命的原始意義，使人們對大地失去了敬畏之心。

在孟哥爸爸的眼神中我憶起了以生命歌唱勞動之歌的舅舅。前年舅舅去世之後舅媽就一個人守著豆芽寮過日子。我告訴舅媽年紀漸大了，不要再那麼辛苦工作。她用一貫爽朗的笑聲回答我說，還有豆芽寮要顧呢！

舅舅年輕時是個優秀的鐵匠，全南竿島的農具如鋤頭、耙、鐮刀等等幾乎都出自他的手。我小時候最喜歡看舅舅在年輕的助手拉鼓風爐聲中用大鐵鎚搥打燒得通紅的鐵器模樣。舅舅裸露的上身肌肉勻稱優美，搥打的動作極富韻律。每年舊曆年隨媽媽回舅舅在中隴的家裡拜年時，我和弟弟總要在舅舅家住上兩天。一則是因為正值寒假期間，閒著也是閒著，而且表兄弟難得在一起玩。再說也實在是對舅舅家裡那座鼓風爐與鐵砧好奇，想要一窺舅舅鑄鐵時的模樣。

大學畢業回鄉工作那年隨媽媽在舊曆年年初二到舅舅家拜年，在那之前我已因學校的實習課而有兩年沒回來了。舅舅孵育豆芽的工作室座落在離他家下坡不遠處，是在一塊他向別人租來的地上以鐵皮及石棉瓦搭建而成。當我們走進矮小陰暗的工作房時，見到舅舅正往豆芽缸裡澆水。我突然發覺舅舅變得蒼老，他的肌肉已不如往日那般健壯結實，雖然笑容依舊燦爛，性情也爽朗如昔，但是生活的艱辛已隱隱約約刻寫在他的眉宇，歲月的蝕痕也毫不留情地在他的髮梢留下蒼白的印記。

我好奇地在工作室裡的十多個大陶土水缸間遊走，纏問之下舅舅告訴了我豆芽的栽培方法，我方才恍然大悟原來我們平常餐桌上吃的毫不起眼的豆芽菜竟是這般辛苦努力的成果。舅舅說栽培豆芽菜要先選擇品種，選用發芽率高，抗病性強，產量高，纖維少的優良品種，如小粒豌豆、麻豌豆、龍鬚豌豆等。我好奇地問起家裡的鼓風爐和鐵砧，舅舅笑說早已拆掉了，鑄鐵舖已改建成了浴室，這些年他的體力已大不如前了。

歲月遞嬗，繼媽媽猝逝之後，前年舅舅也因病辭世，豆芽寮因男主人永遠離開了而顯得更加蕭索。今年大年初二我去舅媽家拜年時，見到花白了頭髮的舅媽正佝僂著背獨自在豆芽寮裡澆水。我遠遠地望著她孤寂的身影，想起媽媽與舅舅昔日的點點滴滴，不禁悲從中來，久久不能自已。

小書

數年前我的散文小品集《離散九歌》付梓後，因為苦無銷售管道，便去拜訪臺灣大學附近的唐山書店店東，想在書店裡代售。唐山書店專售社會與文史哲書籍，頗負盛名。那天在書店展示前臺偶然見到日本作家大江健三郎的小書《沖繩札記》，翻閱之後受到極大衝擊，遂將書購回。說是小書因其封面素雅，小開本，但它卻有著承載歷史的重量。

除了小說作品受到推崇，大江先生關心的社會範疇廣泛，他的散文集《為什麼孩子要上學》裡闡述了自己對教育的看法。有趣的是，他的敘述不脫小說家風範，開始便說了一個自己幼時的故事。家鄉在日本四國鄉下，小時候正逢二戰結束日本戰敗，他心裡也受到衝擊而不想上學，便離開學校到住家附近的森林自學。有一次他因為迷路淋雨而發燒，被從森林救出時已經奄奄一息，醫生也束手無策，對媽媽說病情恐不樂觀。意識迷濛中他問媽媽說他是否會死掉，媽媽起初回答不會，之後又說如果他死掉，媽媽會再把他生回來，然後將他的故事、想法、所學的事物再一次說給新生的孩子聽，他便可以重生。他雖然聽了半信半疑，但也就因不如先前那麼恐懼而睡著，之後逐漸康復了。

讀到這裡，我便想這不是很多現代科幻小說裡複製人的梗嗎？如果他真的因肺病往生，他的弟弟可以是另一個身心靈完全複製的大江健三郎嗎？少年時期發燒生病到病危狀況可能也是小說家虛構的故事吧。雖然如此，這些在二〇〇〇年開始在《週刊朝日》連載的文章還是很個人化地闡明他對教育的觀點。他以生動而形象化的方式說明教育是知識的傳承與在學習環境裡的社會化過程，這是兒童在成長期所不可或缺的，即使他自己在少年時期曾經懷疑並拒絕過正規教育而選擇了自學。

《沖繩札記》討論的內容則充分顯現日本知識分子應有卻少見的理性與良知，他的敘述重心在沖繩島上日本民眾的生活與心靈。不用說駐紮軍事基地的美軍，就是日本本土民眾對沖繩的界定與想像也只是邊防離島之地，或短暫旅遊的度假島，即使造訪了，旅遊結束便揮揮手再也不見了，而這是世上所有國家國境內被界定為邊疆地區民眾的共同宿命。本書首章〈日本屬於沖繩〉談及美國遠東核戰略中，沖繩是重中之重，而非日本本土。而末章〈「本土」實際並不存在〉論及一九四五年沖繩渡嘉敷島居民被集體自殺的歷史事件，其結論則為「本土」一詞有著中心化思想，理應拋棄，還原為以前常用的「內地」。雖然只是看似不經意的名稱轉換，但卻是世上所有邊境居民對自身邊緣化的反抗。歷史上沖繩有其土地、人民與自身悠久文化與歷史，居民對其二戰以來的近代史更是情何以堪。因此所有國家的政客對外誇誇其談住民自決時，理應反求諸己，省視自己國內各個區域民族的現況是否合乎住民自決的原則。

與日本鄰近的我們，無論是鄉村環境或是教育資源，與大江先生的家鄉有著許多相似之處。拜國共內戰之賜，亞洲大陸邊陲之地的島嶼進駐許多師團軍隊。我上國中時已經實施九年國民義務教育，也就是說以前的初中入學考試已經廢除，沒有升學壓力。那年小學畢業生一班有六十四位同學，熱鬧異常，是戰後嬰兒潮的典型一代，每位學生家裡幾乎都有五位以上兄弟姊妹。由於戰後兵馬倥傯，身處離島的我們教育資源並不充裕，學校裡師範出身的師資屈指可數，且有許多軍中來的老師。這些軍中老師有兩類，一類是較年長來自大陸各省響應青年從軍抗戰的大學生，一類是來自臺灣各縣市年輕而學有專精的義務役軍官，後者尤其以自然數理科老師為多。所以國中時期，教英文、地理、歷史的是大陸來的老師，物理、化學是臺灣其他縣市來的老師，國文與數學是在地的老師，校長則是海軍少將退役軍官。老師的背景不同，即使是國立編譯館出版的固定教材，教學的方法與情境也各異其趣。學校裡對學生體罰是教育的一部分，尤其是用藤條打手心。打得最凶的是教化學課的年輕軍中老師，愛之深責之切，每回發小考考卷時便對全班學生打好打滿。

除了處罰還有獎勵，我收過令人雀躍而難忘的小考成績獎品是一本書《文學欣賞的新途徑》。雀躍是因為那個年代島上只有一家官方經營的黎明書店，書架上展示的大多是政府出版品，青少年多元文化的接觸付之闕如。加以島嶼戒嚴交通不便，對臺灣本島交通僅靠每七到十天一航次的運補艦帶來前一週的報紙與郵件，課外書籍實得來不易。難忘是因這是一本我們導師送的書，而他卻是數學老師。這本三民書店出版的袖珍文庫本小書作者是李辰冬教授，燕京大學國文系與法國巴黎大學文學博士。內容包括中國古典文學中詩、賦與小說的欣賞，以及指導初學者寫作方法，是極為珍貴的文學啟蒙書籍。至今我才發覺這本小書在我的心裡埋下了文學種子，未來遙遠的人生旅途裡，在適當的時機與環境便冒出新芽，而後開枝展葉，繁花盛開。

國境封閉與虛構的旅程

世紀大疫。疫病彷彿島嶼三月濃霧，鋪天蓋地封住島上的人與貓、紅瓦石屋、嶙峋花崗岩、被潮水濺濕的礁石、與環繞著島嶼的海。

二〇二〇年初，所有農曆新年假期的旅程皆已規劃妥當，等待出發。一個月前已安排與家人赴日本京都旅遊，也訂好食宿機票。從小島出發，提前一至兩天先搭機飛到臺北，準備行囊再出發前往松山機場。

農曆新年前夕，我們收到防疫訊息，大陸湖北省有不明原因肺炎疫情傳出。當時心裡惴惴不安，深恐是二〇〇三年曾肆虐臺港的嚴重急性呼吸道症候群疫情再起。後續傳來的訊息則越趨不樂觀，在疫情變幻莫測的情況下，思索再三，我只能放棄外出旅遊，改為宅家過年，家人則按原定行程而行。無法預期的是此次行程變更竟然成為後續兩年全球大疫與國境封鎖的開端。

F在小年夜下班前心煩問說，明天就是除夕夜了，接下來放春節年假，我們要開設一級防疫警戒嗎？如果開設，所有同仁都無法放年節春假了。再次商討利弊，結論還是開設吧。然後就開始了此去漫漫長夜的防疫旅程。

家人如期自關西空港搭乘電車抵達京都，傳來以彩繪了Hello Kitty車廂電車為背景的照片。去年遊京都時住在交通要站京都驛旁的小飯店，貪其交通便利，於市內搭地鐵時出入不用耗費時間。市中心地價昂貴，房內僅配置床鋪衛浴，便無迴身之地，侷促境況超乎預期。今年有了先前經驗與稍熟悉的市區方向感，就預訂了京都御所旁較為寬敞的家庭民宿，離地鐵站亦不遠。照片裡的房間簡潔舒適，木製室裝發散舊日風情。京都街巷有許多百年老店，老闆都是精通各類獨門手藝的匠人，是名符其實工匠之都。

疫情急轉直下，湖北武漢封城，在媒體渲染下彷彿末日降臨，兩岸小三通關口在民意壓力下旋即關閉。邊境海關無論規模大小都分別設有海關、證照、檢疫、安全等關務系統，有其標準配置與作業流程。有時港務大廳可見一些歐美外籍居留者也在邊境加簽護照，藉由小三通一日往返，蓋好戳印作為出入境證明，便可繼續返回大陸或在地居留。兩年前曾陪同數十位長者赴福建沿岸鄉鎮參訪，當客船從北竿白沙港啟航緩緩駛向對岸黃岐半島時，數百艘紅旗飄揚的漁船停泊港邊，龐然逶迤的景象使人想起希臘導演安哲羅普洛斯的《悲傷草原》電影場景，令人震懾。近百年來，我們日常生活的這一片亞洲大陸藍色海原亦上映著如愛琴海諸島子民一般聚散離合的故事。安氏是我傾心的藝術家，他的電影作品中隱約的國族寓意感人至深，即使久為理性思考所冰凍的心也為之顫動融解。

身在島嶼的我們正規劃赴各小島設立醫療備援院所與大量病患收治據點，並與衛生所與野戰醫院醫護同仁商討就醫與收治動線。我們去東引時搭乘臺馬客輪，一艘陪伴在地居民與遊客近三十年的日本製輪船。疫情期間乘客稀少，幾乎成為我們的專船。為了防疫，我們預訂了單人客房，避免交互感染的疑慮。但船上是中央空調，即使是獨立客房，我們也不敢取下口罩。從客艙窗戶往外望，冬日浪濤洶湧直撲艙房而來。航行經過狹長的亮島，旅程已達一半，它與高登島同為少數僅有軍隊駐紮而無居民的島嶼，民眾鮮有機會登島一訪。彈丸之地的亮島就連設置港口的腹地皆無，只能靠小船接駁登岸，而近年發現的人類墓葬遺跡，已使它成為考古學者新寵。

抵達東引時衛生所同仁已經開車在碼頭等候，載我們沿著蜿蜒山路至島嶼頂端的聚落平原。馬祖各鄉島嶼於一九四九年前分屬羅源、連江、長樂三縣治，往來航程遙遠，各鄉幾乎各自為政，鄉長常扮演著在地父母官的角色。加以地小人稀，很難不事必躬親。身為一個公費培育的醫療人員，東引也是我多年前第一個遠地出差為居民辦理健康檢查的島嶼。因此每次登島，即使只帶了一盒傳統窯烤繼光餅伴手，也要對於島上照顧居民健康的醫學院學弟妹表達寸心。

自東引南返後，我們旋即轉往北竿，因與南竿一衣帶水可當日往返。昔日就讀高中時因住校之故，夜間晚自習與防空洞內躲單日炮擊是生活日常，也結識了不少跨海就讀的頑皮同學。高中一年級寒假，我們幾個小平頭趁年節假期赴北竿塘岐遊玩。列島丘陵起伏山路崎嶇，僅有北竿塘岐地勢平坦可騎乘自行車，我們首次騎乘也深覺有趣。升高二的暑假，與幾位同學赴臺北補習課業，因人地生疏，晚上則暫住板橋同學阿德家裡，受到他家人親切照顧。北竿此行我們與衛生所及野戰醫院同仁商討疫情因應之道後即返。

再往南方便是更小的東西莒兩島了。疫情初起醫用口罩緊缺之時，由於居民較少，東西莒島衛生所是少數供給仍有餘裕的醫療單位。不少遊客聞風而來小島用健保卡排隊搶購稀珍之口罩，成了其時特殊風景。在東莒大坪步行途中覺得口渴，Y帶著F、B與我到國利豆腐店小坐，在開放式店面裡吃一碗微溫豆花解饞。Y每次來東莒出差便顯現在地人的熱情與熟稔，輕車熟路地帶著我們穿街過巷，彷彿以往家住東莒大浦的小女孩再現。西莒青帆的山海一家舊址是昔日二戰後東印度公司派駐人員在小島上的駐所，居民海盜倭寇與後來的駐軍與各國情報人員在島嶼周邊出沒登島。人們來來去去，各在歷史冊頁留下或輕或重的足跡。福建沿海最大的島嶼平潭島與東西莒島隔海相望，海峽兩岸的歷史糾葛也千絲萬縷，這些都印證在我們護照的出生地福建省上。幾年前在美國馬里蘭州巴爾的摩市讀公共衛生時，學校註冊處老師問我不是從臺灣來嗎，為何護照上的出生地卻是中國福建？在那當下，要如何向一位年輕的美國女孩說明數百年來亞洲大陸移民與臺灣原住民的漫長故事？結果也只是點頭致意報以微笑而已。疫情初起，有年輕人自國外輾轉回島嶼避疫，卻被居民指責帶病回鄉。因自然環境使然，每回嚴重疫情爆發，各島居民便興起封島之議，此為人情之常。對未知疫病的恐慌使人們更加謹小慎微，反射性地對可能染疫者獵巫冀求自保。

女兒來訊了，說一月底京都時令大寒，她們今天午餐在小店裡吃了道地的什錦蛋麵與豆皮烏冬暖身。還說逛街想買伴手禮時發現藥妝店裡的口罩已被遊客搶購一空，令人不安。我們每次旅行必造訪當地公園，京都最美麗的風景就是穿過市區的鴨川與其沿岸的帶狀綠地。女兒小學以前每晚睡前會來道晚安祝好夢，若我出差遠行，便會致電問安，童言童語讓人暖心。子女總在你尚未意識到時，已經拔高長成另一株枝葉繁茂的苦楝樹。

我們回到南竿時正值防衛指揮部夜間舉行火炮射擊，並公告周知。

曾幾何時，旅行社規劃的行程表上也以此作為景點之一以招攬遊客，這些殺人武器的展示遂成為嘉年華式的慶典，遊客紛紛於炮臺上比著勝利的手勢合影留念。昔日島嶼全民皆兵的日子仍隱藏斑駁記憶，居民因炮擊死傷時有所聞。我想起不久前亞塞拜然與亞美尼亞戰爭時，許多伊朗居民前往三國邊境高原觀看戰事。夜間炮聲隆隆火光四射的景象成了旁觀者的談資，交戰雙方無數民眾流離傷亡的戰爭彷彿成了重複開機關機的線上遊戲，令人唏噓。世上文明國家，只要是以過往戰事為景點者，其主題一定都是反戰與反思，避免生靈塗炭的野蠻殺戮再次發生。

兩年來，F仍一天二十四小時在島嶼待命以應變突發的疫情狀況。雖然人們日常生活復原期程似仍漫漫長路，但隨著疫苗接種開展與治療藥物研發，疫情似乎已經漸露曙光。這兩年來所見所思顛覆了人們的人生願景，難以想像生死交關的危機竟然如此迫在眉睫，日復一日永無盡頭。世紀大疫，從亞洲到歐美以至世界每一角落，許多古典優雅的美麗國度幾成人間煉獄。人們需要無畏勇氣與智慧抵抗肉眼不可見的病毒，再從許許多多親人逝去的傷痛中堅強存活。一直以為十四世紀的黑死病與一九一八年西班牙流感只是塵封史冊的一頁，毫無預期它會發生在我們生活裡，成為每天都要面對的功課，它也必將在這一代人們生命旅程留下令人難以忘懷的烙印。

薰衣草與迷迭香

週六起了大早，因為要搭七點整第一班小白船航班上北竿島為鄉親作整合式健康檢查。我們上到白沙碼頭後，就分別搭兩部計程車直奔健檢場地塘岐老人活動中心。只見門前已有老人家三五成群聊著天，門口則有一長串紙牌鋪在地上。我走近一瞧，竟然是一張張健保卡。原來這是他們排隊的方式，真是頗具巧思。同仁在大廳已經布置妥當，保健志工們也穿梭其間，有報到電腦站、身高體重計、抽血臺、尿液收集站、口腔檢查躺椅、超音波與抹片採檢臺，排滿了兩層樓。

開始檢查後，我見一切皆安排就緒並開始作業，就信步走到距離不遠處的北竿衛生所，以便探視週六上午上班的同仁。街道曲折黝長，穿越塘岐國小的操場到衛生所之前，經過一棟本地少見的歐式建築，外牆貼上不規則的石片，小小的庭院裡擺著許多盆栽，滿園花團錦簇，令人欣喜。進入衛生所裡，只見有幾位民眾與軍中弟兄待診，我便到掛號室與同仁打招呼，護理師小珊正在為來看診的軍民辦理掛號手續。一位外表斯文秀氣的替代役男曉璋在收發病歷，忙得興高采烈的，診間裡坐著來自臺北市立聯合醫院忠孝院區胸腔內科的許峻榮醫師。趁開診前短暫空檔，許醫師聊說他遊歷過世界許多國家，馬祖多變的景色與人文之美堪稱清雅秀麗，但他不明白為何並未為世人所熟知。

其實在地人如我者當然知其原因。列島分散，地貌各異其趣，動植物生態並非生來如此。軍隊進駐之前童山濯濯，乃因缺乏水源，且東北季風強烈使植物難以生存。部隊在島嶼四處紮營開始戰備，綠化有可作為天然掩體並有水土保持功能，對深受缺水之苦的軍民而言皆為福音。

島嶼重兵駐守，遂啟動義務役軍人遍植木麻黃與相思樹之始。所謂十年樹木，數十年來也漸綠樹成蔭，綠意盎然了。之後蝴蝶、麻雀、斑鳩、老鷹、青蛙與眼鏡蛇經由空中與海運管道來此，成為完整的生態系。島嶼解除戒嚴開放觀光之後，整潔的環境與良好生態成為環境保護與觀光旅遊的助力。

離開衛生所時天色仍晴朗，只見一個人在那棟歐式建築庭院前蹲著整理盆栽。我想起這棟房子的主人應該是中山國中的長柏老師，就趨前向他打招呼。久聞長柏老師寫得一手好文章，新詩也迭有佳作，但由於南北竿島一水之隔，我們並不常見面。長柏老師見是我來，頗覺驚喜。我因自己成為不速之客致歉，而他並不以為意且引我進家門，於他家雅致的客廳小坐。女主人小琪老師煮了杯咖啡，他們家現在就讀幼稚園的小寶貝直嚷著要父母親幫他們讀繪本故事。我想起網路上有網友貼文說來北竿島一定要住一晚長柏老師母親經營的民宿「貓骨與小琪的家」，也提及住在這兒平日出門時房子與車子都不用上鎖的趣事。聊完生活瑣事，我們談及離島孩子的教育，以及我們幾位寫詩的朋友出版詩合集的進度。之後他曾應邀於地方藝文小聚中談及北竿塘岐村掌故與傳奇，令人對其豐富的經歷與對細節的記憶力驚訝莫名。年前他又以《我不是詩人》為題出版個人詩集，靛藍封面飄散著輕鹹的海風味兒，盡展海島詩人風範。告辭出門時，我在玄關上繫鞋帶，並隨口問起是否曾送他我的散文作品。經過門前小徑，他忽然說想送我兩盆植栽。

每天規律忙碌的工作使我並無餘裕省思自己的生活，僅做個週末詩人於假日讀書寫作。這是許多喜愛寫作朋友的困境，希望勉力在可怖現實中提煉素樸的理想。

我回到健康篩檢會場，見仍人聲鼎沸，便與正在等待檢查身體的鄉親寒暄。一會兒長柏老師來會場尋我，見我正因檢查人多秩序紛亂而煩惱，他反而安慰我說每年都如此，要我放寬心。隨後他開車送我到白沙碼頭，後座上放了數盆薰衣草與迷迭香，說要送我。我向他說不諳園藝，擔心壞了他的好意與盛情。

搭船回到南竿島家裡，我便將盆栽從車後座搬下，種入前院小園中。因今年開春以來雨量豐沛，植栽種入土中後頗能適應園中土壤，不幾日便枝葉舒展，綠意盎然。每日上下班見到門前小園裡綠紫參差，葉上露水晶瑩剔透，我便想起長柏老師家的花園，以及他蹲踞在園裡整理植栽的身影。

馬祖詞典

語言是心靈的歌聲，不同的語言可以組成錯落對位的音符。人們唯有開口說話，才能聆聽彼此的心靈之歌，才能一窺生命的風景。

來過馬祖的人大概都會學說一句福州語「卡蹓」，「卡蹓」就是福州語遊玩的意思。以往馬祖居民說的母語是福州語，也就是現在牙牙學語的馬祖學童在小學課堂裡學的母語。每當我那小學六年級的女兒在家裡讀著福州語讀本，聽著她稚嫩的童音我常忍俊不住，因為她讀的文章聽來猶如西班牙語般令我難以理解。有時女兒要我唸福州語讀本的內容給她聽，說明天老師要抽讀。當我試著讀她的指定課文，她卻立即糾正我，說我的讀音與課本上的羅馬拼音不一樣。我辯說這語音是我媽媽也就是她祖母教我的呀，母語不就是媽媽教的語言嗎？如今，兒童平日不說母語，必須要由學校的老師來教，這樣的語言還能稱為母語嗎？大陸作家韓少功的作品《馬橋詞典》裡羅列了百餘條馬橋村的方言，並加以敷衍成篇。馬橋是湖南省偏遠的小村，放在大陸的廣大幅員與多樣的種族方言來看並無特殊之處，但因韓少功此作品的形式特異，引發評論風潮。不論其師承塞爾維亞作家米洛拉德・帕維奇（Милорад Павић）的《哈扎爾辭典》（*Dictionary of the Khazars*）或是捷克小說家米蘭・昆德拉（Milan Kundera）的《生命中不能承受之輕》（*Nesnesitelná lehkost bytí*），韓少功此作品的形式與內涵確實令人驚豔。

馬祖各小學裡現行的福州語讀本是語文老師與福州師範大學語言學教授共同審定的版本，讀音經過考證；可是聽在耳裡總覺得彆扭，不同於我們平常說話的音調。我想起家住臺灣南部的同窗友人曾說北部的閩南語不道地，說話的音調奇特不順耳，或許也是這原因。據連江縣誌記載，馬祖源於福州閩東語系。由於千年來中國大陸族群的遷徙，閩南語和閩東福州語參雜了許多北方方言，遂保留了許多中原古音。五胡亂華之後，大陸北方的居民棄古音改用四聲，而福州語、閩南語和客家話至今仍保留了七聲古風。我嘗聽客家友人說他在讀小學時以為全世界的人都說客家話，上了國中認識了更多同學，發現大家說的語言不同，才知道語言的多樣性。馬祖的孩子也是如此，直到因就學或就業遠赴臺灣本島時，才發現周遭朋友與同學的母語都不同，驚覺語言真如巴別塔，人與人之間的溝通並非易事。

一九四九年國軍自大陸退守馬祖列島，帶來了各省數十種口音，南竿島山隴獅子市場的魚販大嬸學得可快了。每天清晨，負責採買伙食的阿兵哥就常在市場聽見大嬸拿著鋒利的魚刀向他們招呼：「阿兵哥，要不要命？」這句話讓初來乍到的年輕充員兵驚愕不已，直到又聽到她們用閩南語補上一句：「今天早上才上岸的，新鮮的哦！」才恍然大悟她們剛才在用國語夾雜著福州語再追加幾句閩南語來推銷她魚攤上新鮮的鮸魚。

昔日馬祖列島與臺灣本島僅有海上交通工具可供人貨搭載，運補艦每旬自基隆港來的那天，是島上的大日子。南竿島上馬祖港港口人聲鼎沸，自白日直到凌晨不絕。福州語、國語、山東腔、四川腔、東北腔各種聲音穿梭在熙來攘往的人潮中，令人寸步難行。在交通不便的年代，到臺灣本島的旅程極為困難，赴臺的家人往往一年半載無法見面。由於運補艦入出港要配合潮汐，清晨四點媽媽就會摸黑起床，一邊拭淚一邊為家裡將要出遠門的孩子準備一碗壽麵與太平蛋當早餐，碗裡盛滿了不捨與錐心的掛念。

在一九五〇年代可見到美軍顧問團的軍官騎著少見的重型機車在戰備車轍公路上呼嘯來去，馬祖的孩子們遇到他們時都會向他們哈囉、哈囉地打招呼。但真正與居民有長期親密接觸的西方人士，則是後來的天主教神父與修女。一九七六年比利時籍的石仁愛修女來到馬祖南竿島，她曾服務中國大陸察哈爾、內蒙與江西等地，被中共遣送出境後輾轉來臺，陸續在臺北、金門等天主教醫院工作。由於有護理訓練的專業背景，她在新成立的馬祖天主教會裡開設了海星診所協辦醫療服務，為那時缺乏醫療資源的民眾提供身體照顧。當時提供服務的都是野戰醫院的男性軍醫，而石修女可以到居民家中居家照顧，無論日夜願意幫產婦接生，因此很受到在地婦女的歡迎。石修女說得一口流利的國語，但在鄉里路上卻常會遇到以英語和她打招呼的義務役軍人。雖然英語並非她的母語，她還是慈祥地用帶著法語口音的英語和義務役弟兄聊天，同時也一定會好意勸導他們戒掉手裡夾著的長壽香菸。

一九九二年馬祖解除了近四十年戒嚴時期的戰地政務，各項民生建設如機場港埠等接續展開，大型公共工程引進了許多東南亞的外籍技術人員。又由於人口持續老化，民間日常生活的照顧需求也使許多家庭出現了東南亞來的家庭看護員。每年固定時段，就可以見到這些年輕的外籍工員在雇主帶領下到島上的公立醫院作例行健康檢查。除了少數操著腔調極重的菲律賓英語外，他們大都說泰國語、緬甸語、印尼語和越南語，又不諳中文，所以必須有通譯，不然就只能和醫護人員比手畫腳來溝通。我有位朋友曾說除了平常照顧他長期臥床的媽媽之外，他家的越南看護員最喜歡跟他去海邊釣魚。雖然彼此無法完全理解對方的語言，但是每當他釣到十幾公斤重的大尾鱸魚時，她就會興奮地尖叫，手舞足蹈地跳到海水裡把魚抓上岸來。可是兩年契約期滿後，她就轉僱到遠在加拿大的另一雇主家裡，繼續離鄉背井操著另一種半生不熟的語言照顧行動不便的老人，老人家也要重新適應新來的外籍看護員。而看護員在幫老人起床梳洗餵食沐浴的互動間，再重新建立彼此的連結，除了國語之外也多少學了些日常會用到的福州語以便溝通。

許多異國聯姻的媽媽則長住馬祖數十年，她們在自己的小店裡用福州語招呼著顧客，甚至比左鄰右舍說得還道地呢。除了湖南、四川火鍋店早已在島上開張多年之外，越南、高棉小吃也在昏暗的巷弄裡陸續亮起明亮的燈。許多來馬祖作客的朋友對街頭巷尾的福州語口音總覺得新奇，對臨別時老人家好客的叮嚀則記憶猶新：

「記得再來馬祖，卡蹓哦！」

我的家族疾病史

我所有的詩句都是從我家族成員的身體病痛中錘鍊而來的。

就從我的叔叔談起吧，他從小就患了生長激素分泌不足症候群，因此一直將自己五十多年來的心靈藏在十歲的羸弱身軀裡。原本這也無傷，反正島嶼戒嚴以後我們家早已不再從事農漁，無須身強體壯從事勞動。但我的叔叔一直引以為憾的是他無法參加每年例行的國民兵民防訓練。在這全民皆兵的島嶼，他因身高不足一枝五七步槍的高度，當村民在梅石靶場集訓打靶或是在馬港村落裡實施實地攻防演習時，他只能躲在家裡徒呼負負。這也使他的心理發生奇妙的化學變化，而做出一些不合時宜的行為。例如當村民穿著草綠色的軍服戴著滑稽的帽子在各村落澳口插滿軌條砦的沙灘上演練反登陸作戰時，他爬上我們家的屋頂在煙囪插上一面鮮紅的旗幟；或是在村口刻著藍白國徽的圍牆上，以左手用紅色磚塊寫上毛主席萬歲等等，使我們全村的英勇民防隊員立刻被發了瘋似的村指導員叫到村公所前的廣場集合，比對每一個人的筆跡之後，再足足聽五個小時口沫橫飛、不知所云的訓話而忍飢挨餓。

其次就是我的三伯父。他是一個先天雙眼紅綠色弱的患者，因此這美麗地球上花紅草綠的顏色對他而言毫無意義。也就因為如此，戰地政務時期他在村口站哨遇到馬祖防衛司令部司令官來查哨時，並沒有向司令官的座車行軍禮。當侍衛長怒氣沖沖地下車質問時，他只聳聳肩對著頭上冒著青煙的侍衛長攤開兩手說：對不起，我色盲，無法分辨車牌是紅是黃。這使侍衛長也對他無可奈何。那年他因趕著小三通的熱潮想去大陸找個老婆，來醫院找我要開體檢證明辦漁民證出海。他涎著臉在門診診療室要我將他的色盲紀錄塗銷，卻遭我嚴詞拒絕。這使他認為我們家這一房仍對他進行上一代家族糾紛以來永不休止的恩怨報復。

諸如此類疑難雜症總是落在我的族人身上，因此當我回馬祖行醫時絕大部分的病人都是我的家族成員。我二姨媽在四十三歲那年開始對金屬過敏，這使她痛不欲生地每天往我門診跑。她將家裡的首飾一件件試帶過去，竟然發現凡是一九四九年以前買的或是結婚時親友送的首飾都會在她頸項手腕手指上產生劇癢難耐的紅疹。後來我向國科會申請了一項研究計畫經費補助，計畫名稱是「馬祖列島謝氏家族染色體基因變異研究」，發現我們家族成員在第十九對體染色體上的一簇基因序列確與他人相異。但是這項研究成果並不能阻止我家族成員的陸續發病。家住青潭澳的四嬸一早起床發現她變成一隻自己豢養的鵝，她搖搖擺擺爬上紅瓦石牆的屋頂展翅向後院自己的青蔥園裡俯衝，結果在落地之前來不及拔高飛起而摔斷了大腿骨，她被送來醫院急診時雙手仍不停飛舞喉嚨發出嘎嘎的鵝叫聲。我幫她輸了兩千毫升鮮血之後，立刻申請德安航空公司緊急救護直升機要送她到臺北榮民總醫院開刀。她聽聞要搭飛機便以雙手緊抓急診室大門不放，我們只好找來數名彪形大漢以扳手撬開她緊抓的手，才將她順利送上飛機。

再來就是我那在秋桂樓老家獨居數十年的叔公。因兒女不孝，舉家遷臺之後對他老人家不聞不問。但他為了維持自己數十年來的男性尊嚴仍拒絕住進縣立安老院。當十年前因數日沒開大門而被人發現倒臥家中大堂時，他已近彌留狀態。後來雖然從腦中風的緊急狀態存活了下來，但左手左腳的偏癱使他無法照顧自己的生活起居，因此就成了我們醫院的長住院民，整日價在病房走廊拄著拐杖遊走吆喝，找所有可以遇見的人聊天扯淡。過了三個月他便向護士小姐請了兩個小時假，到戶政事務所辦理遷移戶口到醫院，他說這樣比較方便，免得被警察查報為幽靈人口而遭到強制驅逐出境。在他住進我們醫院三千六百五十天零五個小時之後，我在忍無可忍之下把他和黏在他肚皮上的導尿管一起轟出醫院大門，讓救護車免費送他回家。

我的大伯公打從年輕時就是西尾村裡的恐怖分子。他落草當海盜時養成的習慣日後一直無法隨他改邪歸正，因此三不五時便將家裡養的雞鴨兔羊用繩子五花大綁之後提往海邊碇海，邊走邊說你這個叛徒淹死你淹死你如此這般。我伯祖母因忍受不了他的怪癖向法院訴請離婚獲准，成了當年轟動馬祖列島的大事。後來家中雞鴨被他淹斃殆盡，有天他竟一時技癢，將鄰家伊慶伯的三歲孫子用麻繩綁了起來。在提往海邊時，沿途孩童的哭聲引起海邊西守備旅衛哨的注意，就通報馬港警察分駐所那位有著酒糟鼻的一線二星警員將孩子奪下，並將我大伯公送進軍方的禁閉室關了兩週。期間不斷施以嚴刑拷打電擊冰凍，詢問是否是對岸的共諜云云，當他從禁閉室釋放之後從此失聲瘖啞衣著襤褸與從前判若兩人。

我的晚輩也無法倖免。疝氣、腦炎、腸套疊與兔唇一例例毫無預警地發生，使家族裡瀰漫著一股愁雲慘霧，猶如瘟疫降臨。

在家族漫長憂傷的疾病史裡，我閱讀了數百年來族人苦難、歡喜與悲愁的面容，潛藏的情感充溢胸口。當我獨自一人漫步已遭野菊淹沒的舊日車轍道上，兩旁的相思樹葉飄落如雨，對生命的憂思湧滿胸臆。面向滿載著童年記憶的海灣，翼手龍般的夕陽日復一日張翅加速墜落海面，一旁靠泊馬港沙灘上的灰色軍用運補艦龐大的身軀猶如一隻殮翅的兀鷹。我打了一個冷顫，在心裡寫下一行行突梯、矛盾且不忍卒讀的詩句。

後記

文學是作者心靈的鏡面。

本輯散文第一卷至第四卷集結了幼獅文藝專欄時期的作品，近觀作者在馬祖列島的日常生活。就創作時序而言可視為作者前作《島居》姊妹篇，但寫作時間點又始於《島居》之前。《島居》寫作方式屬於縱視編年，此輯文章卻近於斷代橫展，書寫近年思緒與追憶，剖析內省感悟與外在生活境遇切片，希冀於紛擾世間描述一畦靜默的蔚藍海田。

國家圖書館出版品預行編目資料

國境封閉與虛構的旅程/謝昭華著. -- 初版. --
臺北市：聯合文學出版社股份有限公司, 2022.11
216面；12.8×19公分. -- (品味隨筆 ;024)

ISBN 978-986-323-493-7(平裝)

863.55　　111016594

品味
隨筆
taste
— 24

國境封閉與虛構的旅程

作　　者／謝昭華
發 行 人／張寶琴
總 編 輯／周昭翡
主　　編／蕭仁豪
編　　輯／林劭璜　王譽潤
繪　　圖／謝惟安
資深美編／戴榮芝
業務部總經理／李文吉
發行助理／林昇儒
財 務 部／趙玉瑩　韋秀英
人事行政組／李懷瑩
版權管理／蕭仁豪
法律顧問／理律法律事務所
陳長文律師、蔣大中律師
出 版 者／聯合文學出版社股份有限公司
地　　址／臺北市基隆路一段178號10樓
電　　話／(02)27666759轉5107
傳　　真／(02)27567914
郵撥帳號／17623526 聯合文學出版社股份有限公司
登 記 證／行政院新聞局局版臺業字第6109號
網　　址／http://unitas.udngroup.com.tw
E-mail:unitas@udngroup.com.tw
印 刷 廠／約書亞創藝有限公司
總　　經　　銷／聯合發行股份有限公司
地　　址／231新北市新店區寶橋路235巷6弄6號2樓
電　　話／(02)29178022

出版日期／2022年11月　初版
定　　價／330元

本出版品獲連江縣政府111年出版補助

SBN 978-986-323-493-7（平裝）　《本書如有缺頁、破損、裝幀錯誤、請寄回調換》